Kira-Kira

P
U
N
T
O

D
E

E
N
C
U
E
N
T
R
O

Cynthia Kadohata

Kira-Kira

EVEREST

Dirección Editorial: Raquel López Varela
Coordinación Editorial: Ana María García Alonso
Maquetación: Cristina A. Rejas Manzanera
Diseño de cubierta: Jesús Cruz
Fotografía de cubierta: Julia Kuskin
Título original: Kira-Kira
Traducción: Alberto Jiménez Rioja

Spanish language copyright © 2006 by Editorial Everest, S. A.
Copyright © 2004 by Cynthia Kadohata
Published by arrangement with Atheneum Books for Young
Readers, an imprint of Simon & Schuster Children's
Publishing Division
© EDITORIAL EVEREST, S. A.
Carretera León-La Coruña, km 5 - LEÓN
ISBN10: 84-241-1694-1
ISBN13: 978-84-241-1694-1
Depósito legal: LE. 1599-2006
Printed in Spain - Impreso en España

EDITORIAL EVERGRÁFICAS, S. L.
Carretera León-La Coruña, km 5
LEÓN (España)
Atención al cliente: 902 123 400
www.everest.es

Para Kim.

Para Stan.

Y para Sara.

Agradecimientos

La autora quiere dar las gracias a su editora y amiga, Caitlyn Dlouhy; a George Miyamoto; a Natalie y Miles Bergner y a su padre, Dan; a Kim, Steve y Caroline Maire; a Keith Holeman; a Jeannette Miyamoto y a Sonoko Sakai.

CAPÍTULO 1

Mi hermana, Lynn, me enseñó mi primera palabra: *kira-kira*. Yo decía ka-a-aaa, pero ella me entendía. *Kira-kira* significa 'esplendoroso' en japonés. Lynn me contó que, cuando yo era pequeñita, solía sacarme de noche a la solitaria carretera que pasaba por nuestra casa, y que allí, de espaldas, contemplábamos las estrellas mientras ella repetía:

—Katie, di "*kira-kira*", "*kira-kira*".

¡Me encantaba esa palabra! Cuando crecí, la usaba para describir todo lo que me gustaba: el cielo azul, los cachorritos de perros, los cachorritos de gatos, las mariposas y los *Kleenex* de colores.

Mi madre decía que hacíamos mal uso de la palabra; no puedes decir que un *Kleenex* es *kira-kira*. La tenía muy preocupada lo poco japonesas que éramos, e hizo la firme promesa de mandarnos a Japón algún día. A mí me daba igual donde me mandara, siempre que Lynn viniera conmigo.

Nací en Iowa, en 1951. Sé mucho sobre mi infancia porque mi hermana llevaba un diario. Ahora lo guardo en un cajón, al lado de la cama.

Me gusta ver que sus recuerdos eran los mismos que los míos, pero con diferencias. Por ejemplo, uno de mis primeros recuerdos es del día en que Lynn me salvó la vida. Yo tenía casi cinco años, y ella casi nueve. Jugábamos en la carretera. Campos de alto maíz se extendían por la lejanía, miraras donde miraras. Un perro gris y sucio salió corriendo del sembrado, cerca de nosotras, y volvió a meterse. A Lynn le encantaban los animales. Su largo pelo negro desapareció entre el maíz mientras perseguía al perro. El cielo estival era claro y azul. Sentí un poco de miedo al verla desaparecer. Cuando no iba al colegio, Lynn estaba siempre conmigo; nuestros padres trabajaban; oficialmente, yo pasaba todo el día con una señora que vivía carretera abajo, pero extraoficialmente me cuidaba Lynn.

Cuando se metió en el sembrado, no vi más que maíz.

—¡Lynnie! —grité. Estábamos bastante cerca de casa, pero tuve miedo y me eché a llorar.

No sé cómo, Lynn apareció detrás de mí y dijo:

—¡Buuu!

Lloré con más fuerza. Ella rió, me abrazó y dijo:

—¡Eres la mejor hermanita del mundo!

Eso me gustó, así que dejé de llorar.

El perro se había ido. Nos quedamos echadas en medio de la carretera y miramos el cielo azul. Había días en que no pasaba ni un alma. Podíamos habernos quedado tumbadas todo el día sin que nadie nos molestara.

Lynn dijo:

—El azul del cielo es uno de los colores más especiales del mundo, porque es profundo pero también es transparente. ¿Qué acabo de decir?

—El cielo es especial.

—El océano también es así, y los ojos de las personas.

Volvió la cabeza para mirarme y esperó.

Yo dije:

—El océano y los ojos de las personas también son especiales.

Así me enteré de que los ojos, el cielo y el océano eran especiales: profundos, de color y transparentes. Miré a Lynnie. Sus ojos eran profundos y negros, como los míos.

El perro salió de repente del sembrado, gruñendo. Sus dientes eran largos y amarillos. Lanzamos un grito y nos pusimos en pie de un salto. El perro mordió mis pantalones y, cuando intenté retirarme, rasgó la tela y sus fríos dientes me rozaron la piel.

—¡Aaaahhhhh! —grité.

Lynn lo sujetó por el rabo y me gritó:

—¡Corre, Katie, corre!

Corrí, escuchando los gruñidos del perro y los resoplidos de Lynnie. Cuando llegué a casa, me di la vuelta y vi que el perro desgarraba sus pantalones, mientras ella se acurrucaba en el suelo. Corrí dentro en busca de un arma. No podía pensar con claridad. Saqué una botella de leche del frigorífico, me acerqué corriendo a Lynn y arrojé la botella al perro. No le di, y la botella se estampó contra el suelo, rompiéndose. El perro fue como un rayo a lamer la leche.

Lynn y yo corrimos hacia casa, pero ella se detuvo en el porche. Yo tiré de ella.

—¡Venga!

Lynn parecía angustiada.

—¡Se va a cortar la lengua con los cristales!

—¿Y qué más da?

Pero ella agarró la manguera y lanzó un chorro de agua que espantó al perro. Para que no se hiriera la lengua. Así era Lynn. Aunque intentaras matarla y morderle la pierna, te perdonaba.

Esto es todo lo que Lynn escribió en su diario sobre aquel día:

El campo de maíz estaba precioso. Cuando me rodeaba, pensé que me gustaría quedarme allí para siempre. Entonces oí llorar a Katie, y corrí lo más rápido que pude. Tenía mucho miedo. ¡Creí que le había pasado algo!

Después, cuando el perro me atacó, Katie me salvó la vida.

Yo no lo veía así, de verdad. Si ella no me hubiera salvado la vida primero, yo no habría podido salvarle la vida a ella. O sea que, en realidad, ella fue quien me salvó la vida a mí.

Lynn era la chica más valiente del mundo. Y, además, era un genio. Lo sé porque un día le pregunté:

—¿Eres un genio?

Y ella dijo:

—Sí.

La creí porque, el día en que mi padre le enseñó a jugar al ajedrez, ella ganó la primera partida. Y me dijo que podía enseñarme si yo quería. Siempre decía que me enseñaría todo lo que yo necesitara saber. Decía que algún día nos haríamos ricas y compraríamos siete casas a nuestros padres, pero que ellos comprarían una primero. Ese maravilloso día no estaba lejos. Lo averigüé cuando un día me empujó hacia la cocina, con los ojos brillantes.

—Tengo que enseñarte una cosa —dijo.

Rebuscó debajo del frigorífico y sacó una bandeja. Sobre ella había un sobre viejo. Lo abrió y me mostró el contenido: dinero.

—¿Es de verdad? —pregunté.

—¡Claro! Es de papá y mamá. Para la casa que vamos a comprar.

Vivíamos en una casita de alquiler, en Iowa. A mí me gustaba esa casita alquilada, pero Lynn decía que me encantaría la nueva casa. Allí podríamos tener un perro, un gato y un periquito.

Me miró con expectación. Yo dije:

—¿No deberían guardarlo en un banco?

—No confían en los bancos. ¿Quieres contarlo?

Me tendió el sobre, y yo sostuve el dinero en mis manos. Estaba húmedo y frío.

—Uno, dos, tres… —conté hasta once.

Once billetes de cien dólares. No sabía qué pensar. Una vez me encontré un dólar en un aparcamiento, y me compré un montón de cosas con él. Con mil cien dólares podías comprar lo que quisieras.

—Espero que nuestra casa esté pintada de azul claro —dije.

—Lo estará —Lynn metió el dinero en su sitio—. Creen que está bien escondido, pero vi a mamá cuando lo sacaba.

Nuestros padres eran dueños de una pequeña tienda de comida oriental. Por desgracia, casi no había orientales en Iowa, y tuvieron que cerrarla poco después de que Lynn y yo contáramos el dinero. El hermano de mi padre, mi tío Katsuhisa, que trabajaba en un criadero avícola de Georgia, dijo que podía encontrar trabajo para mi padre en el criadero, y que también encontraría algo para mi madre en una planta de procesado avícola. Pocas semanas después de cerrar la tienda, mi padre decidió llevarnos a Georgia para entrar en la industria de las aves de corral.

Así que el tío Katsuhisa nos hizo un gran favor. *Katsu* significa 'triunfo' en japonés. No sé por qué, yo creía que 'triunfo' era lo mismo que 'trompeta', y pensaba en mi tío como en una trompeta.

Lynn decía que nuestro tío era un hombre raro. Era tan ruidoso como callado mi padre. Aunque estuviera hablando, hacía un montón de ruido: carraspeaba, resoplaba y tamborileaba con los dedos. A veces, sin razón aparente, se levantaba y daba unas cuantas palmadas bien fuertes. Cuando había conseguido que todos le prestaran atención, se limitaba a sentarse de nuevo. Hacía ruido hasta cuando pensaba. Si se metía en profundas cavilaciones, giraba las orejas de dentro afuera hasta que parecían deformes. Hacían una especie de *pup* cuando volvían a su posición original. Lynn decía que se le oía pensar: ¡*Pup!* ¡*Pup!* Tenía una marca con aspecto de botón en un lado de la nariz. Ocurrió que, en Japón, cuando era un niño, fue atacado por cuervos gigantes, y uno de ellos intentó arrancarle la nariz. Él y mis padres eran *kibei*, es decir, habían nacido en Estados Unidos pero se educaron en Japón. Los cuervos japoneses son famosos por lo malos que son. Al menos, ésa es la historia que Lynn me contó.

El día en que tío Katsuhisa llegó a Iowa para ayudarnos con la mudanza hacía un calor sofocante. En cuanto oímos que su camión se acercaba, salimos a esperarle. El camión se sacudía y petardeaba, tan ruidoso como su propietario. Mi madre preguntó: ℘

—¿Va a aguantar ese camión hasta Georgia?

Mi padre se golpeó el pecho con el puño.

—¡Segurísimo! —dijo, y añadió—: Es mi hermano.

Nuestro padre era robusto y alto, 1,80 metros; nuestra madre, delicada y diminuta, 1,40 metros. Pero, diminuta y todo, nos producía terror cuando se enfadaba. Su dulce rostro se endurecía hasta parecer de cristal, como si pudiera hacerse pedazos al recibir un golpe.

Mientras mis padres miraban el camión del tío, papá puso los brazos alrededor de mi madre, envolviéndola. Se quedó así un rato, dándole protección.

—Pero que sea tu hermano no tiene nada que ver con que el camión aguante hasta Georgia —dijo mi madre.

Papá contestó:

—Si mi hermano dice que aguanta, es que aguantará.

No parecía caberle la menor duda. Su hermano le llevaba cuatro años. Quizá confiara tanto en él como yo en Lynn. Ésta me susurró:

—Francamente, dudo que aguante hasta casa, así que hasta Georgia…

"Francamente" era su palabra favorita de la semana.

Nuestra madre nos miró con suspicacia. No le gustaba que cuchicheáramos. Pensaba que estábamos cotilleando, y ella no aprobaba los cotilleos. Me miró fijamente; intentaba leerme el pensamiento. Lynn decía que, cada vez que nuestra madre hiciera eso, yo debía pensar en palabras sin sentido. Pensé: "Elefante, vaca, mu, cu, du. Elefante…". Mi madre me dio la espalda y miró el camión.

Cuando éste al fin consiguió llegar y se detuvo con gran estruendo, tío Katsuhisa bajó de un salto y se acercó corriendo a Lynn y a mí. Yo di un paso atrás, pero él me alzó en sus brazos y gritó:

—¡Mi poni palomino! ¡Eso eres tú!

Me dio vueltas y más vueltas en el aire hasta que me mareé. Después me dejó en el suelo, agarró a Lynn, la hizo girar y dijo:

—¡Mi lobita chiquita!

Soltó a Lynn y abrazó efusivamente a mi padre. A mi madre la abrazó con delicadeza, pero aun así mamá retiró un poco la cara, como si la energía de mi tío la dejara sin fuerzas.

Era difícil descubrir la relación de parentesco entre mi padre y tío Katsuhisa. Papá era suave, como el mar en un día sin viento, con la superficie en calma y pocos cambios. Y tenía la dureza de la pared de nuestro cuarto. Para probarlo, decía que le diéramos en el estómago tan fuerte como pudiéramos. Algunos días nos acercábamos a hurtadillas y le dábamos un buen porrazo; ni se enteraba. Nos íbamos con disimulo mientras él seguía escuchando la radio tan tranquilo.

A mi padre le gustaba pensar. A veces Lynn y yo lo espiábamos cuando se sentaba a la mesa de la cocina y pensaba. Juntaba las manos sobre la mesa, arrugaba el entrecejo y miraba al vacío. De vez en cuando asentía con la cabeza, pero sólo levemente. Yo sabía que nunca podría ser una pensadora como mi padre, porque era incapaz de quedarme así de quieta. Lynn decía que papá pensaba tanto que solían pasar semanas o meses antes de que tomara una decisión. Sin embargo, cuando se decidía, no había quien le hiciera cambiar de idea. Estuvo pensado muchas semanas lo de irnos a Georgia. Cuando se decidió, no quedaban más que seiscientos dólares en el sobre del frigorífico.

La noche de su llegada, el tío Katsuhisa se levantó de la mesa nada más cenar para dar un paseo y quizá hablar un poco consigo mismo. En cuanto oyó cerrarse la puerta de entrada, mamá dijo que el tío era el polo opuesto de papá, porque no miraba donde se metía, no pensaba antes de tomar decisiones. Bajó la voz y añadió, refiriéndose a su primera esposa:

—Por eso se casó con aquella mujer.

Hablando en plata, mamá estaba cotilleando, pero ¿quién se lo iba a decir? Todos guardamos silencio.

Mi padre y el tío tenían muchas otras diferencias. Al tío Katsuhisa le gustaba hablar con todo el mundo, incluso consigo mismo. A mi padre sólo le gustaba hablar con mi madre. Eso y leer el periódico. Sin embargo, mi tío nunca lo leía. Le importaba un comino lo que tuviera que decir el presidente Eisenhower.

Mi tío era exactamente 2,5 centímetros más alto que mi padre, pero tenía la barriga más blanda. Lo sabíamos porque le dimos un puñetazo el año anterior, y él aulló de dolor y amenazó con darnos una paliza. Mis padres nos mandaron a la cama sin cenar, y dijeron que pegar a alguien era lo peor del mundo. Lo segundo era robar y lo tercero mentir.

Antes de cumplir doce años, yo había cometido los tres delitos.

CAPÍTULO 2

Mi padre y mi tío pasaron todo el día anterior a la partida cargando en el camión las cajas que mamá había preparado. El plan era irnos muy de mañana. Lynn y yo nos sentamos en el porche para verlos trabajar. El tío Katsuhisa no nos dejaba ayudar porque, según dijo, era cosa de hombres.

Lynn y yo jugamos a los soldaditos con el ajedrez. Durante un descanso, el tío Katsuhisa vino al porche, dio tres palmadas, sacó un pañuelo y se sonó la nariz. Volvió a tocar palmas.

—Soy el mejor jugador de ajedrez japonés que conozco —dijo. Estaba desafiando a Lynn—. ¿Te atreves a echar una partidita?

Lynn preparó el tablero y él se remangó, como si el ajedrez fuese un agotador trabajo físico. Le ganó en quince minutos. El tío no era buen perdedor y la hizo jugar una y otra vez, a ver si ganaba. Mi padre volvió a cargar cosas en el camión, pero el tío Katsuhisa ni se enteró. ¡Perdió tres veces seguidas y volvió a decir que era el mejor jugador japonés de todo Estados Unidos! No sé de dónde habría sacado semejante idea. Cuando Lynn le ganó no quise decir nada, pero la vitoreé para mis adentros.

Después de perder por tercera vez, el tío salió del porche y miró enfurruñado el patio de grava. Empezó a hacer ruidos con la garganta:

—¡Aaag! ¡Ooog, AAG! ¡Gaaaaaaag! ¡Gaaaaaaag! ¡Gaaaaaaag! ¡Joka, joka, joka! ¡Geg, geg, geg, geg, geg!

Un pegote de saliva salió volando de su boca con la fuerza de una pelota de béisbol. Aterrizó sobre nuestro único árbol y se deslizó lentamente tronco abajo. Lynn y yo nos miramos, y ella arqueó las cejas como diciendo: "Lo ves, te lo dije, es un hombre raro".

Éramos pobres, pero a la manera japonesa. Es decir: nunca pedíamos prestado a nadie y sanseacabó. Es decir: una vez al año comprábamos tantos sacos de arroz de veinte kilos como podíamos y no volvíamos a preocuparnos por el dinero hasta que empezábamos el último saco. En nuestra casa no se desperdiciaba nada. Para desayunar, mis padres se hacían su *ochazuke* (té verde con arroz) con las sobras de arroz duro pegado a la cazuela. Antes del traslado a Georgia, papá y el tío cargaron en el camión todos los sacos de arroz que quedaban en la tienda. Vi cómo miraban mis padres los sacos del camión y supe que se sentían bien. Se sentían seguros.

Me gustaba verlos así, especialmente a mi madre, que nunca parecía sentirse a salvo. Mi madre era una flor delicada, bella y exótica. Nos lo dijo nuestro padre. Apenas pesaba más que Lynn. Era tan delicada que, si tropezabas con ella, podías hacerle daño. Una vez se cayó de un escalón y se rompió una pierna. Para ella, fue la prueba irrefutable de que un solo escalón entrañaba peligro. Cuando yo me acercaba a alguno, me gritaba:

—¡Ten cuidado!

A nuestra madre no le gustaba que corriéramos ni que jugáramos ni que trepáramos, porque era peligroso. No le gustaba que anduviéramos por el centro de la solitaria carretera, porque no se sabía lo que podía pasar. No quería que fuéramos a la universidad algún día, porque podían meternos ideas raras en la cabeza. A ella le gustaba la paz y la tranquilidad. Mi padre solía decir:

—¡Chist! Mamá se está bañando.

O:

—Silencio, niñas, mamá está tomando té.

Nunca entendimos por qué no podíamos hacer ruido cuando nuestra madre no estaba haciendo nada de nada. Ella prefería decirnos, con su voz acerada y cantarina:

—¡*Shizukani!*

O sea:

—¡A callar!

Nunca le decía *¡Shizukani!* a mi padre. Le hacía la comida y le masajeaba los pies y él le daba todo el dinero a cambio. Lynn decía que nuestra madre debía de conocer alguna técnica de masaje de pies que volvía tontos a los hombres. Mi padre quería a mi madre mucho. Eso me daba seguridad.

Después de su paseo, mi tío se sentó con mi padre en el tocón de un árbol, al otro lado de la carretera. Antes de irnos a dormir, Lynn y yo los espiamos un poco. Mi tío hablaba y hablaba, y mi padre escuchaba y escuchaba. A veces ambos se reían a carcajadas.

—¿De qué estarán hablando? —pregunté.

—De mujeres —contestó Lynn muy convencida.

—¿Y qué dicen de las mujeres?

—Que las guapas les producen risitas.

—Ah. Buenas noches.

—¡Buenas noches!

Como de costumbre, nuestra madre entró en la habitación a medianoche para asegurarse de que dormíamos. Y, como de costumbre, Lynn estaba dormida y yo no. Solía hacerme la dormida para no meterme en líos. Pero esa noche, mamá dijo:

—Es tarde, ¿por qué estás despierta?

—No puedo dormir sin Bera-Bera.

Bera-Bera era mi peluche favorito, y mi madre lo había metido en una de las cajas. Bera-Bera hablaba por los codos, armaba una escandalera cuando se reía y, a veces, era un descarado, pero aún así yo lo adoraba.

—Algún día ni te acordarás de él —susurró mi madre, como si pensar en ello la entristeciera, así que yo me entristecí también. Me besó en la frente y se marchó. Oí ruidos en el exterior:

—¡Aaag! ¡Ooog, AAG! —etcétera.

Lynn seguía durmiendo. Yo me levanté y miré escupir al tío Katsuhisa. Estaba loco, fijo.

Salimos de Iowa al anochecer. Nos habíamos propuesto salir temprano, pero sufrimos un ligero retraso debido a que:

1. Yo no encontraba la caja donde estaba guardado Bera-Bera y se me metió en la cabeza que se había perdido. Por supuesto, me puse histérica.

2. Mis padres perdieron sus seiscientos dólares.

3. Lynn no encontraba su jersey favorito, el del bordado de flores. Por supuesto, se puso histérica.

4. El tío Katsuhisa se quedó dormido, y pensamos que sería de mala educación despertarlo.

El tío se despertó por su cuenta. Mis padres encontraron el dinero. Pero Lynn y yo no encontramos nuestras cosas, así que, naturalmente, seguimos con los ataques de histeria. Por último, mi madre dijo:

—¡O nos vamos o me da algo! —miró cómo llorábamos Lynn y yo—. ¿Te parece bien que las niñas viajen contigo en el camión?

—Oh, no —dijo el tío—. No quiero privar a los padres de la deliciosa compañía de sus hijas.

—No, no —dijo mamá—. No quiero que vayas solo.

Así que nos subimos al ruidoso camión con nuestro ruidoso tío. Y lloramos tanto que nuestro tío se negó en redondo a seguir conduciendo si seguíamos allí. Paró en el arcén de la carretera. Nos trasladamos al coche de nuestros padres, pero lloramos tanto que pararon y echaron una moneda al aire con tío Katsuhisa. El tío perdió, así que volvimos al camión.

Lynn y yo éramos felices en Iowa. Yo no comprendía por qué debíamos irnos para que mi padre trabajara en algo que, según decía, sería el trabajo más duro que jamás había tenido. No comprendía por qué debíamos irnos a un estado del sur donde, también según él, no se entendía ni jota por el acento. No comprendía por qué debíamos cambiar nuestra casa por un pequeño apartamento.

Al cabo de un rato, Lynn y yo dejamos de llorar y nos enfurruñamos. Sabía que, si empezaba a pensar en Bera-Bera, volvería a llorar, pero no tenía otra cosa que hacer, así que pensé en él. Era medio perro, medio conejo, y tenía el pelaje de color naranja. Era mi mejor amigo, después de Lynn.

—¡Quiero a Bera-Bera! —grité.

—¡Quiero mi jersey! —gritó Lynn.

Volvimos a llorar.

Era una noche cálida. En cuanto llorábamos más bajito, sólo oíamos el ruido que hacía mi tío al mascar tabaco. No me atrevía a pensar lo que ocurriría cuando escupiera. Bajó la ventanilla, y pensé que el Gran Escupitajo se avecinaba. En vez de escupir, nos miró maliciosamente.

—Quizá pueda enseñar a estas niñas a escupir como verdaderas profesionales.

Mi hermana le miró entrecerrando los ojos. Dejó de llorar. Yo también. Seguro que pensaba que podría ser divertido. Yo también. Nuestra madre nos iba a matar. Lynn dijo:

—Hum.

El tío eructó con fuerza y después nos miró. Me percaté de que su eructo preludiaba el escupitajo. Tragué aire y eructé. Lynn hizo lo mismo. Entonces la garganta del tío Katsuhisa retumbó. El estruendo subió y subió. Incluso con el ruido del motor, parecía que en su garganta se librara una batalla. Lynn y yo intentamos que nuestras gargantas retumbaran igual.

—¡Joka, joka, joka! —dijo.

—¡Joka, joka, joka! —repetimos nosotras.

—¡Geg, geg, geg!

—¡Geg, geg, geg!

Se volvió hacia la ventanilla abierta, y un sorprendente pegote marrón salió disparado de su boca, a modo de murciélago saliendo de una cueva. Nos volvimos para ver cómo se alejaba a toda mecha. Deseé, en parte, que se estampara contra el coche que nos seguía, pero no fue así. Me incliné sobre Lynn y me asomé por la ventanilla del pasajero.

—¡Yyyyyyagh! —hice, y un hilillo diminuto de saliva me resbaló por la barbilla.

Nadie dijo ni pío, y el silencio me hizo llorar de nuevo. Como si no pudiera contenerse, el tío Katsuhisa empezó a cantar mi nombre una y otra vez:

—Katie, Katie, Katie…

Después cantó canciones de Katie con la música de *Row, Row, Row Your Boat, America the Beautiful, Kookaburra* y algunas que no reconocí. Por ejemplo, cantó:

—Oh, Katie, Kate, por el ancho cielo, por Katie Katie Kate.

Solté unas risitas. Era casi como si alguien me hiciera cosquillas. Me olvidé de Bera-Bera durante un rato.

Lynn sonreía satisfecha. Yo sabía que era porque le gustaba verme contenta. El viento nos revolvió el pelo mientras el tío Katsuhisa seguía entonando canciones de Katie. Miré fuera, sobre un campo, e intenté encontrar en el cielo la *Sode Boshi*, la manga del kimono donde, según decía el tío Katsuhisa, los occidentales ven la constelación de Orión. Entonces mi tío empezó a cantar canciones de Lynn.

Ella rió y rió y rió.

Pasamos por dos ciudades grandes: Saint Louis, en Missouri, y Nashville, en Tennessee. En Saint Louis los adultos nos dejaron en el coche mientras compraban provisiones. Cuando se alejaron, salimos a explorar.

Nos dirigimos a la siguiente manzana para mirar un edificio de cinco plantas. No había visto un edificio tan alto en mi vida.

—En Chicago hay edificios diez veces más altos —dijo Lynn.

—¿Seguro?

—Ya te digo. Puede que quince veces más altos.

CAPÍTULO 3

El edificio me pareció feo, pero a Lynn le brillaban los ojos. Sus ojos solían ser *kira-kira*.

—Cuando vayamos a la universidad, no viviremos en un colegio mayor, sino en el piso más alto de un gran edificio de apartamentos. Cuando tú empieces, yo estaré acabando la carrera.

Lynn quería ser ingeniera espacial o una escritora famosa. Aunque yo no sabía nada de animales, decía que cuando yo creciera podía ir a África para estudiarlos. A mí no me preocupaba lo de ir o no ir a la universidad; pero si ella iba, yo también.

Volvimos al coche, nos sentamos en el capó y balanceamos las piernas, como las mujeres de nuestro pueblo que mamá llamaba fulanas. Fingimos que fumábamos cigarrillos como ellas, pero nos metimos al coche antes de que nuestra madre nos viera, porque si nos pillaba haciendo de fulanas se llevaría tal disgusto que tendría que tomarse una aspirina. Entonces nuestro padre se preocuparía y conduciría mal y tendrían un accidente y se matarían. Por eso, aunque me hubiera gustado ser mala todo el tiempo, hacía todo lo posible por portarme bien.

Después de la parada, subimos al coche de nuestros padres. Estuvieron dos horas enteras sin decir una palabra. Luego, pasamos al camión de nuestro tío, que no paró de hablar. En Nashville perdimos temporalmente a nuestros padres, porque el tío se metió por una bocacalle en la que divisó una casa de empeños. Salió del camión, y nosotras esperamos. Cuando volvió, nos enseñó el ajedrez de mármol que se había comprado. Dijo que le había costado un ojo de la cara y que era su ajedrez de la suerte. Me preguntó si con ese ajedrez podría ganar a Lynn, y yo le contesté que no. Mi madre siempre me decía que debía ser educada pero, por supuesto, también me decía que mentir era una de las cosas más feas del mundo. Por eso decidí decirle la verdad. Según Lynn, en la vida a veces no hay más remedio que elegir.

Nos paramos en un sitio llamado Motel del País del Oso. Estaba en frente de una estación de autobuses. Mi padre me dejó acompañarle a pedir una habitación. Cuando entramos en la recepción, una mujer alta se reía al teléfono. Su pelo, tan negro como el mío, tenía raíces blancas de tres centímetros. Nos ignoró, así que esperamos.

Miré a mi padre para ver si intentaba meterle prisa, pero era el hombre más paciente del mundo.

—No puedes estar hablando en serio, querida —dijo la mujer al teléfono—. ¿Eso dijo? ¡Deberías haberle dado una bofetada allí mismo!

Mi padre contó los billetes de su cartera. Ella retiró la boca del teléfono y dijo:

—Los indios a las habitaciones de atrás —empujó una llave y una tarjeta de registro hacia mi padre.

—No somos indios —dije.

—Los mexicanos también.

Ese verano mi padre se había puesto moreno, de trabajar en el huerto trasero.

—No somos mexicanos —dije. Si mi madre hubiera estado presente me habría hecho callar, pero mi padre se limitó a rellenar tranquilamente la tarjeta de registro.

La mujer dijo al teléfono:

—Espera un momento, cielo —dejó caer el auricular y centró toda su atención en mí. Yo me agarré a la mano de mi padre—. Mírame, jovencita.

Mi padre habló por fin:

—Una habitación trasera nos viene bien.

—Sólo quiero preguntarle una cosa a la niña. Mira, niña, en serio te lo digo; he tenido un montón de líos en mi vida y me encantaría saber si llevo pintado en la frente un cartel que diga: "Me gustan los líos". ¿Dice mi cara a la gente: "Los líos son mis amigos"? Te lo pregunto muy en serio.

Yo me concentré en la cara de la mujer. Miré de reojo a mi padre; él estudiaba su frente.

La mujer siguió diciendo:

—¿Tienen mis venas forma de L de "lío"?

Tenía varias venas en la frente, pero no con forma de L. Por eso dije:

—No, señora.

—Estamos de acuerdo. Vayan a su habitación —levantó el auricular. Mi padre dejó algo de dinero, y ella se quedó mirándolo—. Las habitaciones de atrás cuestan dos dólares más.

Mi padre dejó otros dos dólares sobre el mostrador.

La mujer levantó el auricular, escuchó atentamente y exclamó:

—¡Mieeerrr-da! ¡No sé cómo lo aguantas!

Salimos a la plácida tarde. El sol se estaba poniendo y el horizonte era naranja. Nubes con forma de discos colgaban del cielo.

—¿Qué es "mieeerrr-da"? —pregunté.

Mi padre se inclinó y susurró en mi oído la respuesta. Usó la palabra japonesa que, naturalmente, Lynn ya me había enseñado.

—Pase lo que pase, no le digas a tu madre que te lo he dicho.

—No se lo diré. Una de sus venas sí parecía una L. No la tenía en la frente; estaba en su mejilla.

—A mí me pareció una M, pero no pienso decirte qué significa.

—¿Qué? ¿Qué, qué, qué? ¡Dime qué significa!

Mi padre miró a su alrededor, como si pensara que mi madre podía aparecer de un momento a otro. Después se inclinó y me susurró que la M era de "Mala".

—Si es tan mala, ¿por qué le diste otros dos dólares?

—Porque necesitas dormir en algún sitio —dijo.

—Le podías haber dado una zurra —dije.

Él me llevó en sus fuertes brazos y no contestó.

Cuando llegamos a la habitación, vimos unos indios de verdad sentados en el borde de la acera. Nos miraron como si nunca hubieran visto nada parecido, y nosotros los miramos de igual forma.

También en Japón hay gente similar a los indios. Se llaman *ainus*. Mi tío nos contó a Lynn y a mí cosas sobre ellos. Fueron los primeros que vivieron en el norte de Japón. Se llamaban a sí mismos *Gente del Cielo*, porque pensaban que sus antepasados procedían de allí, lo mismo que los míos procedían de Tokio. Las mujeres *ainus* se tatuaban bigotes en la cara. A Lynn y a mí nos pareció tan bonito que nos pintamos bigotes todos los días de las dos semanas siguientes. Nuestro padre nos sacó fotos. Nuestra madre se disgustó tanto que tuvo que tumbarse. Ella no consideraba que Japón fuera la tierra de los *ainus*, sino más bien la tierra de sus padres y la tierra a la que mandaría a sus hijas para que aprendieran a ser femeninas. Mi madre opinaba que los bigotes no eran femeninos. No sé por qué.

Esa noche, en el motel, el tío Katsuhisa no tardó mucho en retar a Lynn a una partida. Antes se llevó su juego de ajedrez al baño y cerró la puerta. Le oímos farfullar. Cuando necesité hacer pis, ignoró mis golpeteos en la puerta, quizá porque estaba muy concentrado. Lynn tuvo que llevarme a la recepción del motel y pedir que me dejaran usar el baño. La Dama de la Vena Diabólica estaba allí. No dijo ni pío, se limitó a menear la cabeza con irritación y a darnos la llave. Su cabeza oscilaba, como si tuviera que hacer un gran esfuerzo para mantenerla erguida. Lynn musitó:

—Está borracha. No cotilleo, explico un hecho.

La cabeza de la mujer cayó sobre el mostrador. Antes no me había gustado, pero ahora me dio pena. Me pregunté si sus padres la querrían tanto como los míos a mí.

Cuando volvimos a la habitación, el tío Katsuhisa estaba preparado para desafiar a Lynn. Se sentaron a la mesita de la habitación. Yo me senté en la cama con Bera-Bera y los miré jugar. Mi padre había pasado una hora rebuscando en el camión hasta dar con Bera-Bera y el suéter de mi hermana.

El tío Katsuhisa hizo una gran demostración de carraspeos. Después pensó y repensó. Movió las orejas veintisiete veces (las conté). ¡Le llevó diez minutos mover un peón! Me hubiera aburrido de no ser por Bera-Bera, que me estuvo hablando todo el rato. Todos los días me contaba lo que había hecho. No callaba. También hablaba con Lynn. A ella le contó que conocía a Alicia, del libro *A través del espejo* y que, como Alicia, podía entrar en el mundo mágico de los reflejos. Cuando mirabas un reflejo nítido, en un espejo o en un estanque, el reflejo parecía igual que lo real. Pero el mundo de los reflejos era distinto: era mágico. Eso me lo había enseñado Lynn, por supuesto. Ella me dijo que Bera-Bera tenía muchos amigos en el mundo mágico de los reflejos. En ese otro mundo, mi peluche era muy importante, quizá incluso emperador; pero cuando estaba a mi lado, era sólo un amigo encantador y parlanchín.

A Lynn le llevó dos segundos mover un peón. Al tío Katsuhisa, quince minutos mover otro. Entonces Lynn movió un caballo, y el tío Katsuhisa se quedó boquiabierto. Me dormí y, cuando me desperté, Lynn estaba repantigada en la silla, con pinta de aburrida. El tío fruncía el ceño, profundamente concentrado. Lynn aún tenía la reina, pero él no. Por un instante, pensé que el tío iba a echarse a llorar. Después volcó el rey sobre el tablero: se rendía. Salió de la habitación y nosotras corrimos a la ventana para verlo escupir. Era un poco como el géiser que nuestro padre nos llevó a ver en Yellowstone. Es decir, escupía a intervalos regulares. Los indios también habían salido de sus cuartos. Miraron al tío y debieron pensar que estaba perdiendo la chaveta.

—¿Debería dejarle ganar alguna vez? —preguntó Lynn.

—No —contesté yo.

Cuando me desperté a medianoche, vi que se filtraba luz por debajo de la puerta del baño. La cama del tío estaba vacía. Me figuré que estaría estudiando su tablero de ajedrez; me dio un poco de pena. Quizá quería ser un genio, como Lynn. Quizá envidiaba su brillante futuro.

Yo pensaba a veces en el mío, porque Lynn decía que debía hacerlo. Decía que aún era pronto para saberlo pero, que si no iba a África a estudiar animales, podría ser genial jugando al tenis. Yo no me preocupaba. Ni por ser un genio, ni por ser guapa, ni por ser buena deportista. Me bastaba con escuchar a Lynn y hablar con Bera-Bera y comer pastelillos de arroz. La señora que vivía carretera abajo podía sacarse de la boca todos los dientes de arriba, y le habían prohibido comer chicles y caramelos; pero yo podía comer de todo, porque aún tenía los dientes de leche. Si se me picaban, me saldrían otros. Era estupendo.

Desde el coche, Georgia parecía igual que cualquier otro sitio, pero cuando bajamos y hablamos con la gente, no entendimos nada, por su acento. ¡Hablaban como si tuvieran la boca llena de gomas elásticas! Y nos miraban fijamente cuando entrábamos a sus restaurantes. Había carteles que decían: LOS DE COLOR, AL FONDO. Los blancos se sentaban delante. Como no sabíamos dónde ponernos, comprábamos comida para llevar. No vi ningún otro japonés por ninguna parte. Nos granjeábamos miradas a diestro y siniestro. A veces una señora blanca exclamaba:

—¡Qué monas!

Y algunas nos tocaban la cara, para asegurarse de que existíamos.

Georgia reclamaba por todas partes su derecho a la fama. Mientras íbamos en coche, Lynn me leía los carteles: GORDON, CAPITAL MUNDIAL DEL POLLO;

VIDALIA, SEDE DE LAS CEBOLLAS MÁS DULCES DEL MUNDO; CORDELE, CAPITAL MUNDIAL DE LA SANDÍA; MILTON, LOS MEJORES MELOCOTONES DEL MUNDO; y TEMPLETON, REINO DE LOS CACAHUETES. También vimos siete restaurantes que proclamaban hacer las mejores BARBACOAS del mundo.

Pasamos varias veces por mansiones antebélicas. "Antebélico" significa 'anterior a la Guerra Civil estadounidense'. Lynn me lo enseñó. Una vez intentó leerse el diccionario entero de un tirón, y se aprendió las definiciones de un montón de palabras que empezaban por "a". Una mansión antebélica no era tan vistosa como, digamos, una montaña o el cielo, pero para ser una casa era de lo más bonita. Antes de la Guerra Civil los blancos ricos, ricos vivían en esas mansiones y tenían esclavos. Me pregunté quién viviría ahora en ellas.

Nuestro nuevo pueblo se llamaba Chesterfield. El tío nos dijo que tenía una población de 4 001 habitantes, y que había seis familias japonesas. Con nosotros, la cifra de japoneses se elevaba a la "considerable" cantidad de treinta y uno. Todos los padres trabajaban en el criadero de un pueblo cercano.

Pasamos casi todo el día en el camión de nuestro tío, porque él quería hablar de ajedrez con Lynn. Yo me dediqué a mirar por la ventanilla. Poco antes de llegar a Chesterfield me eché una siesta. Cuando desperté, me di cuenta de que me había mojado los pantalones. No dije nada. Nos dirigíamos a casa de nuestro tío, donde esa noche iban a obsequiarnos con una fiesta de bienvenida. Pensé que quizá podría escaparme al baño sin que nadie lo notara. Enfilamos una carretera curva. Aquí y allá vi casitas de madera con la pintura desconchada. En los patios había viejos coches oxidados o pilas de neumáticos. Las gallinas correteaban libremente. Vimos una gallina muerta en la calzada, y Lynn y yo gritamos. Por fin, paramos al lado de una casita muy similar a las otras.

La familia del tío Katsuhisa salió a recibirnos. Mi tío era el único japonés que tenía casa propia en el pueblo. El patio delantero era de grava con ronchones de hierba amarilla, y la pintura de la fachada estaba desconchada, pero me gustó. Nosotros íbamos a un piso barato del edificio en que residían los japoneses que trabajaban en el criadero. El tío Katsuhisa vivía en una casa de su propiedad porque él era distinto. Tenía grandes planes. En primer lugar, había heredado dos mil dólares de un hombre cuya vida salvó durante la Segunda Guerra Mundial. O sea que, aunque no era rico, estaba mejor situado que la mayoría de nosotros. En segundo lugar, estudiaba con un amigo para hacerse topógrafo, es decir, para medir y analizar el terreno. Sabía mucho de tierras, barros y cosas así. No quería pasarse toda la vida trabajando en un criadero.

Cuando llegamos a su casa, mis primos gemelos de seis años, David y Daniel, y mi tía Fumiko estaban esperándonos. Mi tía era una mujer redonda, de cara redonda, panza redonda y pantorrillas redondas. Incluso su peinado era redondo. Yo tenía pensado tocárselo algún día para ver qué se ponía debajo. El tío tocó la bocina y saludó con la mano. Bajamos del camión, y casi al instante mi tía Fumi empezó a dar voces:

—¡Katie se ha mojado! ¡Katie se ha mojado!

Yo me quedé tan avergonzada que me eché a llorar. A todos les dio mucha risa, y David y Daniel gritaron:

—¡Katie se ha mojado!

Y mi madre exclamó:

—¡Katie se ha mojado!

Mi padre parecía sentirse orgulloso de mí. Se sentía orgulloso de nosotras hiciéramos lo que hiciésemos.

Más tarde, cuando las otras familias japonesas llegaron, comimos durante toda la velada: bolas de arroz, rollitos de pescado, galletas de arroz, pastelillos de arroz y pollo a la barbacoa. Las bolas de arroz se llaman *onigiri*, y era lo único que yo sabía hacer. Para prepararlas, te lavas las manos y te cubres las palmas con sal; después agarras un puñado de arroz y haces una bola. Mi madre también sabía hacer *onigiri* de campanillas: triangulares, con algas y ciruelas en vinagre; pero yo hacía de las normales. Algún día, cuando fuera mayor, tendría que practicar con las de campanillas o nadie querría casarse conmigo.

Arrancamos fruta de un melocotonero cercano y es-cuchamos a los padres hablar de negocios. Mi padre iba a trabajar de sexador de pollos, es decir, tendría que separar los pollitos machos de los pollitos hembras en cuanto salie-ran del huevo. Por lo visto, había que separar a los pollitos machos para matarlos. No servían para nada porque no ponían huevos. El tío Katsuhisa dijo que nos podía parecer triste tener que matarlos, pero que llegaríamos a ser niños de granja, y que los niños de granja entendían el significado de la muerte. Entendían que la muerte formaba parte de la vida. Mi madre y la tía Fumi lo miraban frunciendo el ceño. Llevaban frunciéndolo desde que había empezado a hablar, lo que significaba que debía callarse.

Entonces reinó el silencio. Miré en torno y vi a Lynn jugando con unos niños de su edad.

—¡Ven! —me gritó, y yo fui corriendo.

A veces los niños mayores no querían que estuviera en medio, pero Lynn siempre les hacía jugar conmigo. Jugamos hasta la hora de irnos a la cama. Esa noche Lynn y yo dormimos en el suelo del salón. Nos daba la impresión de tener un millón de grillos cantando alrededor. La media luna brillaba por las ventanas. Mi hermana y yo practicamos nuestros aullidos y ladridos para ser capaces de entendernos con nuestro perro, por si algún día nuestra madre nos dejaba tener uno. Ella entró en el salón para hacernos callar. Parecía cansada y preocupada. De hecho, parecía que había estado llorando. Por eso nos callamos inmediatamente.

Al ver a mi madre así, me acordé de Iowa. Éstas son las cosas que ya echaba de menos:

1. La vista. Cuando miraba por la ventana de mi cuarto en las mañanas de verano veía maíz y cielo azul; en las mañanas de invierno, nieve y cielo azul.

2. La Liga japonesa-estadounidense de bolos del estado de Iowa. Los sábados, todos los japoneses-estadounidenses de muchos kilómetros a la redonda se reunían en una bolera del centro del estado. Los amigos de mi padre nos

daban siempre unas monedas y nos decían qué canciones poner en la máquina de discos.

3. La señora Chan, la viuda china que vivía carretera abajo. La ayudábamos a plantar tomates en su huerto a principios de verano. Por cierto, era la que podía sacarse los dientes de arriba.

4. La nieve. Hacer ángeles y muñecos era muy divertido. A veces, nuestro padre jugaba con nosotras. Una vez, nuestra madre salió y papá le tiró una bola y todo. Yo pensé que mamá se iba a desmayar, pero, al cabo de un rato, sonrió débilmente.

5. Mis padres. En Iowa tenían un horario de trabajo normal. Aquí en Georgia empezaban de madrugada. Nuestro padre iba a tener dos trabajos, y nuestra madre iba a hacer horas extras si podía. Ya los echaba de menos.

CAPÍTULO 4

Nuestro edificio de apartamentos de Chesterfield era de una sola planta y se curvaba en forma de U alrededor de un patio. Nuestro apartamento constaba de dos habitaciones muy pequeñas, un salón, una cocina y un baño. El papel pintado de la cocina estaba sucio y rasgado. En las paredes del baño crecía moho. Lynn y yo seguimos a nuestros padres cuarto tras cuarto.

Estaba claro que nuestra madre se sentía infeliz, y mi padre, al verla así, se sintió igual. Ella no se quejó, pero lo sabíamos porque tenía la misma cara que cuando le dolía la cabeza. Nuestro padre dijo:

—Kiyoko, dejaremos parte del salón para tu cuarto de costura. Quedará muy bien —ella no contestó, y él añadió—: ¡Mira, nos regalan el frigorífico! —ella siguió sin contestar. Él dijo—: ¡Voy a pintar el dormitorio de las niñas de blanco, con las molduras en rosa!

Por fin, ella dijo:

—En su cuarto sólo caben dos camitas y un escritorio pequeño. ¿Dónde vamos a poner el escritorio de Katie cuando empiece el colegio?

—Déjame pensar —dijo él.

—Tendremos que ponerlo en mi cuarto de costura.

Nadie contestó. Me sentí culpable porque mi futuro escritorio arruinaría su cuarto de costura. De todas formas, yo no quería ir al colegio. Me olvidé de pensar en palabras sin sentido, por eso mamá me leyó el pensamiento y supo que me sentía culpable. Me atrajo hacia sí y me abrazó.

—¡No es culpa tuya! —dijo, animándose de repente.

En medio del patio había una estructura de columpios, pero sin columpios. A algunos de los chicos les gustaba trepar por ella. Todos jugaban fuera, porque los apartamentos eran muy pequeños. Si los padres querían hablar, se sentaban junto a la casa del señor Kanagawa. Él era una especie de líder.

Su mujer, la señora Kanagawa, no trabajaba, así que, cuando llegaba el otoño, cuidaba de los preescolares durante el día. Yo podía haber ido a la guardería, pero una vez asistí una semana, y lloré y grité tanto que mis padres pensaron que era mejor que no empezara el colegio hasta el primer curso. Los preescolares éramos tres, pero los otros dos eran más pequeños, y yo prefería jugar por mi cuenta. Podía leer y escribir un poco, colorear y saltar a la comba, pero jugaba sobre todo con Bera-Bera. Él charlaba y charlaba, incluso cuando yo intentaba echarme la siesta.

A las 3.30 de cada tarde, me ponía a mirar por la ventana hasta que veía acercarse a Lynn por la calzada (en nuestro pueblecito no había aceras), y entonces salía corriendo para encontrarme con ella. La señora Kanagawa decía que parecía el perrito faldero de mi hermana.

El clima del sur de Georgia era casi siempre cálido y húmedo. Después de clase, Lynn, algunos otros niños y yo solíamos tumbarnos para mirar las nubes. Si hacía más fresco jugábamos al balón prisionero. Por la noche, antes de irnos a la cama, los padres se sentaban en las entradas de las casas y los niños jugábamos o nos tumbábamos para ver la Vía Láctea. Lo de mirar al cielo fue idea de Lynn. Igual que el señor Kanagawa era el líder de los padres, Lynn era nuestro líder. Y ella creía en lo de mirar al cielo. Nos hizo notar que si nos visitaban seres de otros planetas, querrían hablar con nosotros. Por eso debíamos mantener los ojos bien abiertos.

Algunas noches antes de dormir, Lynn y yo pedíamos deseos. Primero los egoístas y luego los generosos. Sin embargo, una noche, Lynn dijo:

—Hoy sólo vamos a pedir de los egoístas.

Me pareció mal, así que dije:

—Vale.

—Empieza tú.

—Deseo una cama con dosel y una caja de dieciséis lápices de colores, en vez de ocho.

—Deseo ir a la universidad algún día. Deseo ser la reina de la fiesta del instituto. Deseo que podamos comprar una casa bonita.

—Deseo un calentador bueno, para que el agua no salga tan fría.

Ella no dijo nada. Quizá se sintiera mal, como yo. Pensé que deberíamos pedir algunos deseos generosos. Ella dijo:

—Podemos pedir un deseo generoso cada una.

—Deseo una casa para mamá y para ti.

—Deseo que siempre seas feliz.

Nos faltaba nuestro padre. Yo no sabía cuál era su principal deseo. Me parecía que lo único que deseaba era cuidarnos. En su cumpleaños le regalábamos loción para después del afeitado que pagaba nuestra madre. Siempre le gustaba.

Dije:

—Deseo que papá no se quede calvo como se quedó el abuelo antes de morirse.

Y lo último que hacíamos antes de dormir era comentar en qué nos gastaríamos el dinero al día siguiente. Cada fin de semana nuestro padre nos daba cinco centavos para que compráramos chucherías. Pero aquella noche Lynn dijo:

—De ahora en adelante ahorraremos nuestros centavos para ayudar a papá y mamá a comprar nuestra primera casa. De ese modo, en vez de limitarnos a desear una, ayudaremos a pagarla.

Era difícil estar de acuerdo con eso, pero no dije nada porque la jefa era ella. Normalmente, cuando Lynn volvía del colegio, íbamos al mercado y estudiábamos los dulces largo rato antes de elegir: un *donut* con azúcar glasé, habitualmente. Después paseábamos por la carretera mientras lo comíamos. Era triste pensar que ya no lo haríamos más, pero supuse que por una casa valía la pena.

—Buenas noches, Katie —dijo Lynn.

—Buenas noches.

Durante el otoño, el aire bochornoso nos cansaba, aunque no demasiado. Si hacía mucho calor, nos echábamos un sueñito antes de cenar. Después Lynn me leía algo. Desde que era un genio podía leer de todo, hasta la *Encyclopaedia Britannica*. Alguien se había dejado olvidado el volumen "P" de la *Encyclopaedia* en nuestra casita de Iowa. Teníamos pensado leerlo entero. Nuestro libro favorito era *Silas Marner*. Éramos bastante capitalistas, y nos gustaba lo de que Silas guardara su oro debajo de los tablones del suelo.

Si Lynn tardaba en volver del colegio, me daba por llorar, y la señora Kanagawa se lo contaba siempre a mi madre. Mamá decía que yo era una llorica, pero Lynn afirmaba que yo era feliz por naturaleza, igual que, por naturaleza, ella era un genio. También estaba en su naturaleza ser un poco mandona; esto me lo dijo la señora Kanagawa.

Lynn no parecía hacer muchos amigos en el colegio, así que estaba casi siempre conmigo. De esa forma pasé mi primer año en Georgia: esperando a Lynn todo el día y jugando con Lynn hasta que nos acostábamos. Durante el verano, jugábamos noche y día.

Cuando cumplí seis años y me preparaba para empezar el colegio, mi forma de hablar era netamente sureña. Ya no llamaba Lynn a mi hermana, le decía:

—Li-jun.

Yo era una especie de celebridad entre los vecinos, la japonesita que decía "*naaaide* lo diría" en vez de "¿de verdad?" o "mucho bueno" en vez de "muy bueno" y, encima, seseaba. A veces la gente me pagaba unos peniques para que hablara con ellos. Mi hermana me animaba en la empresa, y nos hicimos ricas en un santiamén. Guardábamos el dinero debajo de la bañera, en un agujero mohoso, y lo contábamos una vez al mes.

La víspera de mi primer día de clase, Lynn me sentó para darme una charla. Sólo me daba charlas cuando algo muy, muy importante se avecinaba. Siempre me decía la verdad y no me trataba como a una cría. Fue ella, y no mis padres, quien me dijo que nos íbamos de Iowa.

Nos sentamos en el suelo de nuestra habitación con las piernas cruzadas, nos dimos las manos y cerramos los ojos. Lynn salmodió:

—Mentes unidas, mentes unidas, mentes unidas.

Era nuestra salmodia de la amistad. Lynn me miró solemnemente.

—Pase lo que pase, cuando nos casemos, nuestras casas estarán en el mismo edificio y viviremos cerca del mar, en California.

Me pareció bien.

—Si tú vives *serca* del mar, yo también —dije. Yo no conocía California, pero supuse que era muy bonito.

Ella se inclinó hacia delante, y comprendí que iba a ir al grano.

—¿Te has fijado en que a veces la gente no le dice hola a mamá cuando vamos de compras?

—Ajajá.

—Bueno, pues algunos niños del colegio quizá tampoco te lo digan.

—Porque no me *conosen*, pues, ¿no?

—No, no es por eso. Es porque no quieren conocerte.

—¿Y por qué no van a querer *conoserme*?

¿Que no querían conocerme? Eso era nuevo para mí. Nuestro padre siempre había dicho que éramos increíbles, y Lynn, por supuesto, siempre me había dicho que yo era perfecta, así que yo estaba convencida de que era increíble e incluso perfecta.

—Porque sólo hay treinta y un japoneses en todo el pueblo, y el pueblo tiene más de cuatro mil habitantes, y cuatro mil dividido por treinta y uno es... que hay muchos más de ellos que de nosotros. ¿Entiendes?

—No.

La cara de Lynn se ensombreció. Eso era raro.

—¿Te has fijado en que papá y mamá sólo tienen amigos japoneses?

—Supongo.

—Pues se debe a que los demás los ignoran. ¡Piensan que somos como felpudos... u hormigas o algo así! —ahora se había enfadado.

—¿Hormigas?

Se levantó de un salto y me abrazó.

—Si alguien te trata así me lo dices, ¡y se va a enterar!

—Okey.

A veces no había quien la entendiera, pero se debía a que yo era muy pequeña y ella era un genio.

Entonces me besó la cara y añadió:

—¡Eres la niña más maravillosa del mundo!

En ese momento mi madre entró con unas tijeras para cortar mi pelo largo y lacio. Era un ritual que todas las madres japonesas cumplían la víspera del primer día de colegio de sus hijas. Mi madre me lo cortó hasta la barbilla y me hizo dormir con rulos toda la noche. No me pareció mal porque Lynn se ponía rulos durante todo el curso, así que era cosa de chicas mayores. Pero cuando me levanté y me quité las horquillas, me quedé tan estupefacta que no pude llorar ni gritar ni patalear por toda la casa. ¡Parecía un plumero! Cuando la impresión remitió, me sentí con fuerzas de llorar, gritar y patalear.

—¡Yo así no voy al colegio! —grité—. ¡No voy!

Me miré en el espejo, cerré los ojos y me volví a mirar. Estampé un pie contra el suelo y luego el otro. Lynn estaba boquiabierta, entre divertida y horrorizada.

Mi madre me arregló el pelo a base de cepillazos, y dijo que me parecía a Ava Gardner, quien, según Lynn, era una actriz muy famosa y muy guapa con unos setenta mil novios. Si tan famosa era, ¿por qué yo no había oído hablar nunca de ella? Por otra parte, me gustaba eso de parecerme a una estrella de cine. Me tranquilicé un poco. Mi padre dijo:

—Estás… estás… vaya, ¡estás genial!

Era de madrugada y mis padres tenían que irse a trabajar. Se les estaba haciendo tarde, así que no podían entretenerse ni conmigo ni con mi primer día de colegio.

Mi madre me puso un vestido de seda amarilla, un vestido de fiesta. De hecho, empecé a pensar que estaba como deslumbrante. Cuando mis padres se fueron, me apresuré a sentarme para que no se me moviera ni un pelo. Ni siquiera dejé que Lynn me lo cepillara, porque ya estaba perfecto. Cuando la señora Kanagawa vino a vernos, exclamó extasiada que estaba guapísima.

De camino al colegio me sentí como una emperatriz. Ni siquiera estaba nerviosa. Lynn vestía un simple pichi, pero su pelo estaba tan rizado como el mío. Cuando llegamos a la entrada del colegio, se detuvo.

—¿Esto es? —pregunté. El colegio no era mayor que nuestro edificio de apartamentos.

—Esto es —contestó.

Yo estaba un poco confusa. No entendía a qué había venido tanta preparación, ni por qué llevaba mi mejor vestido.

Cuando entramos en el patio, vi que todas las niñas vestían más bien como Lynn, con pichis o faldas rectas con blusas blancas. Lynn me acompañó a la fila de mi clase, y me quedé sola frente al número: Clase 100. A mi alrededor, las niñas jugaban y charlaban. Todas llevaban el pelo rizado, pero no tanto como yo. Por fin sonó la campana, y una docena de niños se alineó detrás de mí.

Alguien me dio golpecitos en el hombro y, cuando me di la vuelta, una niña dijo:

—¿Eres china o japonesa?

—Japonesa —dije.

Otra niña voceó:

—¿Cuál es tu nombre nativo?

No estaba segura de lo que me preguntaba, pero contesté:

—Natsuko.

Era mi segundo nombre. Significa 'verano', la estación en la que nací. El segundo nombre de mi hermana, Akiko, significa 'otoño': cuando nació.

Entonces otra niña me preguntó:

—¿Qué le ha pasado a tu pelo?

No me estaba insultando, era simple curiosidad. Me puse roja. No contesté.

La profesora nos hizo entrar en clase. Sonrió al ver mi vestido y dijo:

—¿Vas a una fiesta? —me hubiera vuelto a casa en ese preciso momento pero, sin Lynn, tenía miedo de perderme.

Cuando la clase empezó, la profesora dijo que podíamos sentarnos donde quisiéramos, por ser el primer día de colegio. Las niñas gritaron, soltaron risitas y pasaron corriendo por mi lado. Después se sentó todo el mundo. En el recreo me quedé en medio del patio, con mi vestido de fiesta. Dos niñas de mi clase pasaron cerca de mí y dijeron:

—Qué aburrido es el cole, ¿no? —pero me ignoraron.

Lynn apareció por fin y se quedó a mi lado. Dijo que había tardado un poco en salir porque su profesora quería decirle lo buena chica que era.

Después, por la tarde, cuando no supe la respuesta a una pregunta, mi profesora pareció enfadarse y dijo:

—He oído que tu hermana es muy inteligente.

Sin embargo, no la tomé con Lynn. Me sentía orgullosa de ella.

Poco después de mi primer día de clase, mi madre empezó a ganar un montón de peso. Hacía mucho pis, vomitaba cada dos por tres y bebía mucha agua. Comía cosas raras, como cucharada tras cucharada de salsa barbacoa. Teníamos que tener cuatro frascos llenos de esa salsa en el armario. Mi hermana me sentó y, después de que nuestras mentes se unieran, me dijo que íbamos a tener un hermanito.

Mi madre dio a luz a Samson Ichiro Takeshima mientras yo hacía primero. Su segundo nombre significa 'primer hijo'. Las enfermeras del hospital se turnaban para contemplarlo: nunca habían visto un bebé japonés. Sam tenía el trasero lleno de moratones, porque a veces los niños japoneses nacen así. Nadie le había pegado. Era extraño que casi todas ignoraran a mi madre y, sin embargo, estuvieran fascinadas con el japonesito. Después, cuando creciera, lo más probable era que lo ignoraran y lo trataran ¡como a una hormiga! Pero en aquel momento me gustaba ver cómo se inclinaban sobre el cristal, embobadas con el pequeño Samson. Yo estaba orgullosa de él, porque era el bebé más mono del mundo. Al poco de regresar del hospital con su bebé, mamá volvió al trabajo. Tenía un turno posterior y terminaba a media tarde. La señora Kanagawa cuidaba de Sam por la mañana, mientras Lynn y yo asistíamos a la escuela de verano. Lynn quería asistir para graduarse antes en el instituto. Yo tenía que asistir porque mis padres me obligaban. Al terminar, íbamos corriendo a casa para ocuparnos de nuestro nuevo hermanito.

Por la noche Lynn, Sam y yo nos tendíamos en la calle desierta y mirábamos las estrellas. A Sam le gustaba estar en medio, mientras Lynn y yo salmodiábamos: "*Kira-kira, kira-kira*".

Una calurosa noche, nuestro padre tuvo que quedarse en el criadero. A veces lo hacía para ahorrase el viaje y dormir más. Nuestra madre ya estaba acostada. Salimos en pijama, a hurtadillas, y nos tumbamos en medio de la calle. Me encantaba salir en pijama. Algún día, cuando fuera una adulta holgazana, llevaría pijama siempre que quisiera. Y me encantaba hacerle preguntas a Lynn, porque ella sabía todas las respuestas.

—¿Qué pasaría si las estrellas fueran hielos diminutos y nos cayeran *ensima*? —dije.

Lynn dijo que nos sentaría de maravilla. ¿Que cómo lo sabía? ¡Porque lo sabía todo!

—¿Qué pasaría si todo el té de China cayera del *sielo*?

Dijo que también nos sentaría de maravilla.

Nos entró sueño y volvimos a casa. La mesita de nuestro cuarto había sido sustituida por una cuna. Cuando Lynn tenía que estudiar, usaba la mesa de la cocina. Algunas noches me gustaba meter a Sam en mi cama para que durmiera acompañado. No quería que los *oni* (los ogros que guardan las puertas del infierno) se lo llevaran. Lo abrazaba durante toda la noche.

Cuando Sam cumplió un año, recordé algo: en algún momento desde que nació, perdí a Bera-Bera y ni siquiera me di cuenta.

Capítulo 5

Sammy era el bebé más tranquilo del mundo. No lloraba casi nunca. Lynn cuidaba de mí y yo cuidaba de Sammy. Y todos nos cuidábamos mutuamente. Es difícil creer que durante los dos años siguientes no ocurriera nada. Fue estupendo. Pasábamos juntos todo nuestro tiempo libre. En las anotaciones que mi hermana hizo en su diario durante esos dos años, describió cómo aprendió Sammy a andar y a hablar, cómo hacíamos los deberes por la noche, la hora en la que mis padres llegaban a casa y todos los detalles que se le ocurrían. Tenía la letra más clara del mundo. A veces la miraba mientras escribía y siempre me sorprendía la perfección de su escritura.

De tarde en tarde, mi tío nos llevaba de campin. Lynn decía que esas excursiones eran lo más divertido que había hecho en su vida. Yo dije que estaba de acuerdo, y ella me preguntó:

—¿Siempre estás de acuerdo con lo que digo porque lo digo yo, o porque de verdad estás de acuerdo?

Yo no vi ninguna diferencia entre las dos cosas, así que contesté que no sabía.

A veces, por si decidía ser escritora famosa, Lynn hacía prácticas escribiendo historias cortas en su diario:

Érase una vez una bruja bromista que hechizó a todas las criaturas del mundo. Así, los animales capaces de volar sólo pudieron andar y los animales que acostumbraban a andar alzaron el vuelo. Se vieron caballos planeando por el cielo y acicalándose en los tejados; se vieron miles y miles de pájaros corriendo por las calles y las carreteras. Y los peces, ¡qué decir de los peces! Los peces aprendieron a conducir y los humanos vivieron en el mar. Fin.

Creo que la principal razón por la que escribió esa historia fue que le encantaba la idea de vivir cerca del mar. Eso era una constante en Lynn: su amor por el mar. Vivir junto al mar, en California, era lo que más deseaba después de ir a la universidad. Tener nuestra propia casa era su tercer deseo, y el primero de mi madre.

Cada semana que pasaba era casi igual que las demás. El colegio era aburrido y los deberes eran aburridos. Jugar con mis hermanos era divertido. Así transcurrieron los días: sin sorpresas.

Todo empezó a cambiar cuando yo tenía diez años y medio, en invierno. Un día inusualmente cálido de enero, después del colegio, todos los niños de los apartamentos jugábamos al balón prisionero. Lynn estaba al mando, como siempre. Dijo:

—Katie, quédate aquí. Toshi, tú ponte ahí —y demás.

Eligió a un niño pequeño para que se quedara en medio.

El niño tiró el balón a Lynn, lo cual no fue muy inteligente, porque Lynn era muy rápida. Pero el balón iba alto y la golpeó en el pecho. Se tambaleó hacia atrás. Todos se rieron. Yo no. Mi hermana se puso bizca, y eso causó más risas. Yo no me reí porque la conocía mejor que nadie.

—¡Li-jun! —dije. Y corrí hacia ella.

Se balanceó un poco y dijo:

—Estoy bien.

—¿Qué te ha pasado?

—No sé. Parecía que daba vueltas.

—¿Qué daba vueltas?

—Todo.

Entró en casa y yo la seguí. Se fue derecha a la cama y durmió hasta la hora de cenar.

Esa noche no pudo ayudarme con los deberes. Eso la preocupó. En el colegio, yo sólo sacaba C, es decir, aprobado en todo. Hasta el momento no había sacado ni D ni B, ni suspenso ni notable. Mi padre decía que la "C" era de "constante" y que estaba muy orgulloso de mí, porque me esforzaba cuanto podía. Supongo que en cuestión de notas era tan constante como Lynn, lo cual, pensándolo bien, era motivo de orgullo. Lynn siempre sacaba A, o sea, sobresaliente en todo. Le encantaba el colegio.

Sin embargo, al día siguiente no fue a clase. Hasta cuando estaba enferma le rogaba a nuestra madre que la dejara ir, pero aquel día se alegró de quedarse en casa. Cuando volví del colegio, un médico se marchaba. La señora Kanagawa estaba allí. Dijo que el doctor le había recetado a Lynn unas pastillas ricas en hierro.

Esa noche, mientras cenamos, papá dijo que quizá Lynn había salido a nuestra madre, que se cansaba mucho. De hecho, mamá explicó que de niña tuvo que pasar casi un año en cama por el cansancio que tenía, y nadie averiguó la causa. Por eso me figuré que lo de Lynn era pasajero, igual que lo de mi madre.

Pero una noche, Lynn se despertó llorando. No había llorado desde el día en que nos fuimos de Iowa. Cuando se levantó, dijo que había soñado que estaba flotando tan feliz en el océano.

Sollozó.

—El sol brillaba. Todo era precioso.

—¿Y por qué llorabas?

—Porque allí sólo estaba mi espíritu, no era yo.

—¿Qué es el espíritu?

—Es mi parte invisible.

No entendía nada. En primer lugar, no entendí lo de "mi parte invisible". En segundo lugar, su sueño me pareció alegre. Pero como también sabía que Lynn siempre llevaba razón, me preocupé un poco. De repente dijo:

—No te preocupes, tesoro, estoy bien. Vete a la cama.

Obedecí y me fui a la cama.

El día siguiente era sábado. Se quedó en cama todo el día. No quería saber nada de nadie, ni que le hablaran ni nada.

Yo le dije:

—¿Quieres que te traiga un caramelo?

Ella dijo:

—No.

Yo le dije:

—¿Quieres que te traiga una *mansana*?

Ella dijo:

—No.

Y yo le dije:

—¿Quieres que te *haiga* compañía?

Y ella dijo:

—No.

A pesar de su cansancio, Lynn se las apañaba para ayudarme un montón. La verdad era que sin Lynn lo más probable es que hubiera sacado algún suspenso. Yo no acababa de verle la gracia al colegio. Te sentabas en una silla todo el día y leías palabras y sumabas números y hacías lo que te ordenaban. No te dejaban comer chicle. No te dejaban mandar notas, aunque yo no tuviera a quien mandárselas, pero ni aún así. Y no te dejaban hablar, a menos que supieras contestar las preguntas de la profesora.

A Lynn le gustaba leer historias y sumar números. Y sabía las respuestas a las preguntas. Había cumplido catorce años. Era tan guapa que las demás chicas no tenían más remedio que fijarse en ella, aunque sólo fuera para envidiarla. Lynn había sido siempre muy guapa, por supuesto. Su piel y sus ojos eran luminosos; y su pelo, espeso y brillante. Aunque las otras chicas se lo rizaban, ella empezó a llevarlo liso, y tan largo que le llegaba a la mitad del trasero. Lynn le gustaba a Gregg, el chico más popular de su clase. Al final una de las chicas populares, Amber, rompió el hielo y se convirtió en la mejor amiga de mi hermana. Bueno, yo seguía siendo su mejor amiga, pero Amber era como su segunda mejor amiga. Ése fue el otro acontecimiento de aquel invierno.

Resultaba un poco pesado. Amber estaba siempre con nosotras. Era de esas chicas de revista que se pintan las uñas de las manos y hasta de los pies. Decía que algún día trabajaría de modelo, y caminaba muy erguida. Todo el invierno y la primavera los pasaron ella y Lynn caminando arriba y abajo por el salón con un libro en la cabeza. Un día, Amber dijo:

—Así es como andan las modelos.

Y yo dije:

—¡Pues es una *ridiculés*, vaya! —y miré a Lynn en busca de apoyo, pero ella puso cara de malas pulgas.

Amber tenía el pelo castaño y pensaba teñírselo de rubio en cuanto cumpliera los dieciséis. Estaba muy decepcionada con el color de sus ojos, que debería haber sido azul en lugar de marrón. Cuando tenía algo en las manos, dejaba el dedo meñique levantado. Y, lo peor de todo, consiguió que Lynn se volviera rara. Por ejemplo, Lynn empezó a pintarse los labios cuando no estaban nuestros padres.

Muchos días mi hermana me daba la lata para que me uniera a ellas mientras caminaban por el salón con libros en la cabeza, se contaban secretos con el meñique tieso o soltaban risitas frente al espejo, experimentando con el maquillaje. Amber odiaba ir de campin, así que Lynn ya no quería ir. El problema era que a mí me seguía encantando. Creo que herí un poco sus sentimientos al no estar de acuerdo con ella. Era la primera vez que no pensábamos igual, y me sentí rara.

Un día, mientras comíamos pollo asado, arranqué un muslo con las manos. Nuestros padres estaban trabajando. Sammy siguió mi ejemplo y partió en dos una pata.

Yo dije:

—¡A ver quién se mete más comida en la boca!

Sammy y yo llenamos las nuestras.

Lynn dijo:

—Eso no es propio de señoritas, Katie.

No pude contestarle porque tenía la boca llena. A Sammy y a mí nos parecía divertido. Cuando al fin conseguí tragármelo todo, Lynn estaba molesta. Me limpió la barbilla y dijo muy seria:

—No podrás seguir comportándote así mucho tiempo, Katie.

Llevó su plato al fregadero y salió de la habitación. Yo sabía que Lynn, en realidad, trataba de ayudarme. Normalmente, no me importaba que lo hiciera. De hecho, estaba deseando complacerla. Pero en esa ocasión no volví a dirigirle la palabra durante el resto de la noche. Era la primera vez que la ignoraba durante una noche entera. Estaba esperando que se disculpara, y no lo hizo porque ni siquiera se enteró de que la ignoraba. Al día siguiente, quiso que paseara por el salón con ella y con Amber. Acepté, pero al poco rato me aburrí y se lo dije. Volví a herir sus sentimientos, y me sentí mal.

Resultó que un fin de semana, Gregg y otros chicos monos de la clase de Lynn y Amber decidieron ir de acampada cerca del lugar al que solía llevarnos el tío Katsuhisa. Las dos le suplicaron a mi tío que nos llevara de campin el mismo fin de semana, y él aceptó. No podía imaginarme a Amber de campin. Era difícil imaginársela sentada al lado de una hoguera con un libro en la cabeza. Ella y Lynn querían que fuéramos con toda la familia, para disimular. Es decir, querían que los chicos pensaran que se nos había ocurrido ir de acampada el mismo día que a ellos y al mismo sitio que a ellos por pura casualidad.

Mis padres cada vez trabajaban más. A veces venían de acampada con nosotros, pero ya no pensaban nunca en divertirse. Mi padre estaba agotado porque trabajaba noventa horas a la semana. Mi madre estaba agotada porque hacía horas extras en cuanto se le presentaba la ocasión. Por eso, ese fin de semana no asistirían a la Gran Cacería del Chico organizada por Amber y Lynn.

El tío Katsuhisa, sin embargo, se llevó a toda la familia, incluso a mi tía Fumi, que odiaba ir de campin. Estaba más gordinflona y no le gustaba salir, quizá para no estropear su peinado. Mientras íbamos en el camión, mi tía no dejó de mirar al cielo con expresión preocupada, aunque sólo había unas cuantas nubecitas.

Aparcamos cerca del campin y caminamos unos quinientos metros. La tía Fumi seguía preocupada. Miraba el bosque con aprensión, como si pensara que se le iba a caer un árbol encima de un momento a otro. Eso sí, no se quejó ni una sola vez; ella era así. En un momento dado, intenté hablar con Lynn y con Amber, pero ellas estaban obsesionadas con un vestido monísimo que habían visto en una tienda. Así que, o daba la mano a Sammy para que anduviera conmigo o empujaba su cochecito por el accidentado suelo. Él también estaba convencido de que Amber era idiota.

Cuando encontramos un sitio para acampar, mis primos, David y Daniel, y yo ayudamos al tío a montar las tiendas. Después nos encargó que encendiéramos una hoguera. Él se metió en la tienda con tía Fumi, y David dijo que iban a hacer otro bebé. Dijo que intentaban hacerlo a todas horas. Yo no entendí a qué se refería, pero años atrás, cuando nuestros padres estaban intentando hacer a Sammy, Lynnie me dijo que no entrara nunca en el dormitorio de los papás sin llamar. Sin embargo, no me dijo que no escuchara detrás de la puerta, de manera que sabía que hacer un niño era un trabajo muy arduo que requería un montón de esfuerzo y resoplidos.

Dediqué toda mi atención a encender la hoguera. Me costó varios minutos encender la cerilla debido al viento, y después estuve a punto de quemarme con ella, así que la tiré. Supongo que cuando la tiré, cayó sobre un saco de dormir porque, a continuación, David gritó:

—¡Fuego!

David era un demonio, como yo, al menos eso decía el tío Katsuhisa. Mi primo parecía encantado con el fuego. Me ayudó a echar encima del saco toda el agua que teníamos para beber, y todos los refrescos, hasta que el saco crepitó y humeó. Por fin, cuando estuvo chamuscado y chorreante, lo escondimos detrás de una de las tiendas para que el tío no lo viera y nos concentramos en encender la hoguera. Poco después, Daniel señaló la tienda: salía humo.

Cuando corrimos hacia la parte trasera, el humo nos atufó. Echamos un montón de tierra encima del misterioso saco. Amber y Lynn, que estaban sentadas por allí contándose secretos, miraron todo el proceso con cara de profundo desdén, pero me pareció ver cierta nostalgia en los ojos de Lynn. Me dio la impresión de que, en vez de estirar el meñique y contar secretos, hubiera preferido prender fuego a sacos de dormir.

Cuando el tío y la tía salieron por fin de la tienda, el tío olisqueó el aire y frunció el ceño. El humo se alzaba en volutas. David y yo nos hicimos los inocentes. El tío zapateó encima de la tierra que cubría el saco hasta que dejó de humear. Después se dispuso a echarnos la bronca, pero la tía Fumi intervino:

—No son más que niños.

El tío tuvo que volver al camión y conducir hasta el pueblo para comprar agua, refrescos y un saco de dormir. Hay que decir en su honor que sólo nos gritó un poquito.

Cuando volvió del pueblo, encendió la hoguera y pareció animarse. Entonces anunció que iba a cazar unos conejos para la cena, con arco y flechas. David, Daniel y yo le rogamos que nos dejara acompañarle. Él nos dijo que podíamos mirar, pero de lejos. Dijo que era capaz de acertarle a un conejo a treinta metros. La tía Fumi (con Sammy en brazos), mis primos y yo seguimos al tío, y Amber y Lynn nos siguieron a nosotros. Iban agarradas del brazo y cuchicheaban sin parar.

Llegamos a un claro. De improviso, el tío Katsuhisa se arrodilló y avanzó furtivamente. Los ojos de la tía brillaron de orgullo. Con la mano, mi tío nos indicó que nos quedáramos quietos y en silencio, y eso hicimos. Debía de haber divisado un conejo que yo no veía por ninguna parte. Sorprendí a todo el mundo, a mí misma la primera, cuando grité:

—¡Pero Bera-Bera es medio conejo!

Destrocé la concentración de mi tío. Él se volvió para mirarme y abrió la boca, pero la tía Fumi se le adelantó:

—La próxima vez se estará callada.

Me atrajo hacia ella. Sentí vergüenza. Lynnie y Amber iban a pensar que me comportaba como una cría. ¡Preocupándome por mi peluche! ¡Si ni siquiera sabía ya dónde estaba Bera-Bera!

El tío Katsuhisa se desplazó hacia otra zona, el arco y él parecían uno. Estaba mareada. Avanzamos un poco más, él lanzó la flecha, y la flecha traspasó limpiamente el blanco. Vi al conejo por primera vez, quieto y lleno de sangre. Y eso es lo último que recuerdo. Lo siguiente es que estaba tumbada boca arriba y las caras de Lynn, la tía, los gemelos y Sammy me rodeaban. Me senté y vi al tío sosteniendo tres conejos. Sus orejas eran exactamente iguales que las de Bera-Bera. Los árboles empezaron a girar alrededor de los conejos ensangrentados. Alguien dijo:

—¡Que le da otra vez!

CAPÍTULO 6

Cuando abrí los ojos de nuevo, Amber soltaba chillidos y risitas. Dos chicos larguiruchos bromeaban con ella. Uno era pelirrojo y tenía como un millón de pecas. El otro era tan rubio como un diente de león. Amber estaba casi besuqueándolos. Lynn se inclinó sobre mí.

—Sé donde está Bera-Bera —dijo—. Está a salvo, en el armario.

No me gustaba que Lynn siguiera considerándome una cría. Me senté.

—Estoy bien.

Lynn se arrodilló a mi lado.

—No tienes por qué decir eso, ¿sabes? No hay nada malo en querer a un peluche.

—Estoy bien.

Pero Lynn parecía preocupada de verdad. Aunque fuese amiga de Amber, seguía preocupándose por mí. Pero se preocupaba por mí como yo me preocupaba por Sam, del modo en que te preocuparía un bebé o un crío. Me levanté.

—Estoy bien.

Uno de los chicos miró al tío y dijo:

—Lo que ha hecho ha sido fantástico, señor —se dirigió a Amber—: ¿Podrías hacerlo tú, Amber?

Hablaba por dar conversación. Hasta yo me di cuenta. Pero Amber se aturulló y dijo:

—Puedo intentarlo —miró al tío Katsuhisa.

—No es un juguete, Amber.

La tía Fumi tocó el brazo de su marido.

—Parece muy responsable —dijo, y oí que le susurraba—: Es nuestra invitada.

El tío transigió y le enseñó a Amber a concentrarse, apuntar, estirar y disparar. Ella miró a los chicos, que la contemplaban con admiración. Eso pareció darle confianza. Se separó del tío y apuntó a algo que yo no distinguí. Estiró los meñiques y, justo al disparar, tropezó. La flecha pasó como una centella a unos veinte centímetros de la cabeza de mi tío, alcanzó un pájaro que pasaba por allí y cayó al suelo seis metros más lejos.

David se puso a dar saltos.

—¡Ahora yo! ¡Ahora yo!

Seguimos a mi tío hasta el lugar donde yacía el pájaro; al llegar, rodeamos al animalito y mi tío, anonadado, se tocó la cabeza.

—Eso podría ser mi cabeza —dijo al fin—. Eso podrían ser mis sesos.

—Lo siento —dijo Amber, lo que como disculpa fue muy pobre.

Los chicos se quedaron impresionados con la "hazaña" de Amber, y la invitaron a cenar junto a su hoguera, a ella y a Lynn, claro. Lynn me preguntó si quería acompañarlos, pero yo dije que no. Mi hermana y la sosa de su amiga se fueron. De inmediato me sentí sola.

David, Sammy y yo enterramos el pájaro y nos encaminamos cabizbajos hacia el campamento para comer conejo. El conejo sabía un poco a pollo, pero era más como… conejo. No me gustó mucho, pero no lo dije. David dijo que si comías mucho, te crecían las orejas y te salía pelo en el trasero, donde el rabo de los conejos. A Sammy no le pareció nada del otro mundo.

El tío Katsuhisa era buen conversador; y la tía Fumi, buena oyente. Más tarde, cuando nos sentamos alrededor de la hoguera, el tío empezó a hablar y la tía asentía con la cabeza, como si él contara historias fascinantes. Yo me preguntaba de vez en cuando qué estarían haciendo Lynnie y Amber. Lynnie ya no quería que la llamara Lynnie porque pensaba que Lynn era más de mayor. De todas formas, yo la seguía llamando Lynnie.

Intenté prestar atención a lo que decía mi tío, pero con sus historias pasaba lo siguiente: nunca llegaban a ninguna parte. Por ejemplo, aquella noche nos contó que él y su primera esposa *casi* vieron un legendario tornado. Pero en realidad no lo vieron. Se limitaron a pasar por un pueblo que al día siguiente fue destruido por el tornado ese. Lo único interesante fue que mencionó a su primera esposa. Cuando mis padres hablaban de ella, siempre cuchicheaban. Aparentemente, el tío la había querido mucho, pero de distinta forma que a la tía Fumi. Y aunque yo no supiera la diferencia, estaba segura de que mi tía sí la sabía. Me daba cuenta por cómo se enfurruñaba cada vez que se mencionaba a la ex, aunque nunca dijera ni mu.

Después mi tío se pasó veinte minutos contando que cuando era joven, él y un amigo decidieron disparar a unas latas, y no le dieron a ninguna, ni siquiera cuando se acercaron a medio metro. De nuevo, me pareció cualquier cosa menos una historia, pero tía Fumi se rió encantada mientras el tío describía cómo las balas pasaban rozando las latas una y otra vez.

Después nos habló de cuando un amigo suyo encontró una bolsa con veinte mil dólares. El propietario de la bolsa la reclamó antes de que su amigo pudiera "largarse" con ella. Mi tío era muy honrado e incapaz de robar, pero parecía admirar a la gente que lo hacía. En su casa tenía un montón de libros sobre delincuentes famosos de todos los tiempos.

La mayor parte de la historia de los veinte mil dólares consistió en cómo debería haber actuado su amigo para quedarse con el dinero, cómo debería haberse gastado ese dinero, y cómo se lo habría gastado mi propio tío de habérselo encontrado. En esta última versión, nadie reclamaba el dinero, así que mi tío en realidad no robaba. Ni con la imaginación se veía robando o haciendo daño a alguien. Supongo que ésa era una de las razones por las que mi tía Fumi lo quería tanto.

El tío siguió hablando. El fuego me calentaba la cara. Me pregunté dónde estarían Lynn y Amber. Cuando se hicieron amigas, Lynn me contaba un montón de cosas, hasta que algunas chicas hacían algo llamado beso francés con los chicos, algo relacionado con las lenguas. A mí me pareció un poco complicado besar a la vez con los labios y la lengua. Se me daba fatal hacer las dos cosas simultáneamente. Me pregunté si Lynn se estaría dando besos franceses con los chicos. Algún día, cuando fuera mayor, pensaba probar lo del beso francés, pero sólo con mi amor verdadero: Joe-John Abondondalarama. Uno de los motivos por los que no me iba demasiado bien en el colegio era que pasaba despierta la mitad de la noche, disfrutando de mi activa vida soñada con Joe-John Abondondalarama. Tenía un nombre compuesto porque su padre se llamaba Joe y su abuelo John. Así que sus padres le pusieron Joe-John. Cuando nos casáramos, yo sería Katie Natsuko Takeshima Abondondalarama. Ésta era nuestra historia:

Nos encontrábamos en el Gran Cañón y yo tenía diecisiete años. Yo miraba el impresionante abismo cuando una ráfaga de viento anormalmente fuerte me levantaba y me tiraba por encima de la barandilla. Me quedaba colgada sobre el Gran Cañón, al borde de la muerte. Mi vida pasaba ante mí. Me arrepentía de muchas cosas. De haber contestado mal a mis padres. De no haber limpiado mi parte de la habitación. De no haber sacado una sola A en el colegio. Mis gritos rasgaban el aire. Y, de pronto, un fuerte brazo se extendía y me salvaba. Al final de ese fuerte brazo estaba Joe-John Abondondalarama. En su pelo negro se reflejaba el sol. Sus ojos brillaban como el sol. ¡Mi corazón tronaba! ¡Relampagueaba! Terminamos teniendo siete hijos.

Ni siquiera Lynn conocía la existencia de Joe-John, aunque algún día sería mi dama de honor.

De vez en cuando prefería contarme versiones alternativas de mi encuentro con Joe-John. Por ejemplo, estaba preparando una nueva. Se titulaba *La historia del baño* y era así:

Joe-John y yo asistíamos a una fiesta de cumpleaños. No nos conocíamos de nada. De una forma u otra (estaba pensando en los detalles), acabábamos en el baño. Quizá yo estuviera admirando la cortina de la ducha, y él entrara porque me veía por detrás y le gustaba mi suéter. La puerta se cerraba accidentalmente tras él, y no podíamos salir. La fiesta era tan ruidosa que nadie nos oía gritar. La ventana estaba atascada. Nos encontrábamos en un baño trasero que se utilizaba muy poco. El tiempo pasaba. Hablábamos hasta la medianoche, y entonces no teníamos más remedio que dormir juntos en la bañera. Pasábamos toda la noche contándonos secretos y, por la mañana, nos habíamos enamorado perdidamente. Como he dicho, me faltaba concretar los detalles, pero en esencia era eso.

Aquella noche, cuando mi hermana y Amber volvieron, se alejaron un poco con sus sacos de dormir y se tumbaron para cuchichear. Entonces Lynn se acordó de mí y gritó:

—¡Katie, vente con tu saco de dormir!

Pensé en ignorarla por haberse olvidado temporalmente de mí, pero ¿de qué me hubiera servido? Arrastré el saco de dormir, y ellas empezaron a contarme cosas de su velada: que Lynn había besado a Gregg, que Amber había casi besado al otro chico, lo monísimos que eran… Hasta Amber se comportó conmigo como si yo fuera una buena amiga. Entonces Amber me preguntó que si me gustaba algún chico del colegio. En aquel momento me sentí muy cerca de mi hermana, incluso de Amber. ¡Y me encantaba hacer campin! El musgo colgaba de los altos pinos que nos rodeaban, y la luna llena brillaba a través del musgo. Recordé que, durante mi infancia, siempre que había luna, Lynn me cantaba *Conejo en la luna*:

Usagi Usagi nani mite haneru
Jugoya otsuki-san mite haneru

Les conté mis aventuras con Joe-John, y lo ilusionada que estaba con mi futuro novio.

¡Lynn y Amber se rieron y se rieron de mí! ¡Sin el menor disimulo! En realidad, ni siquiera se reían, más bien soltaban una especie de graznidos, y se las veía que casi no podían ni respirar. Se pusieron tan histéricas que parecía que les iba a dar algo. Francamente, yo pensaba que tanto graznido no era muy propio de señoritas, pero no se lo dije porque me pasaba de buena.

Cuando dejaron de reírse, me percaté de que no se habían reído *de mí*: ellas pensaban que se habían reído *conmigo.* ¡Se habían creído que lo de Joe-John Abondondalarama era broma! Lynn me abrazó y exclamó:

—¡Te quiero, Katie!

Amber dijo:

—¡Eres genial! ¡Eres la persona más divertida que conozco!

¿Qué podía decir? Me gustaba que me halagaran. Sin embargo, me sentí bastante falsa por dejarles creer que había estado bromeando. Deseé tener mi propia amiga.

Capítulo 7

El horario de mi padre cambiaba a veces. Ahora tenía que trabajar de diez a doce horas seguidas, comer y dormir algunas horas en el criadero, y después levantarse y trabajar seis horas más en otro criadero de un pueblo cercano. El turno de mi madre era de 4.30 de la madrugada a 1.30 de la tarde, y además hacía tres horas extras.

Cuando acabó el colegio y empezaron las vacaciones de verano, Lynn pasó la primera semana en casa de Amber. La señora Kanagawa no podía cuidar de Sam y de mí esa semana, porque tenía que ir a Oregón para cuidar de su madre enferma. Como yo había cumplido once años, me consideraba suficientemente mayor para cuidar de mi hermano, pero mi madre no opinaba igual. Decidió que Sam y yo la acompañáramos al trabajo. Podríamos dormir en el coche hasta que acabara su turno.

La planta de procesado avícola estaba en el pueblo más próximo, a una hora en coche. El dueño del criadero donde más horas trabajaba mi padre también poseía varias plantas de procesado con asadores y freidoras. Se llamaba señor Lyndon, y era el hombre más rico del condado y uno de los más ricos de Georgia. Yo no lo conocía, pero mi padre lo había visto pasar en su coche (un *Cadillac*) y una niña del colegio lo había visto de espaldas. Nunca iba a sus plantas de procesado ni a su criadero. Si se presentaba algún asunto que requería su atención, mandaba a un ayudante. Era una leyenda invisible en el condado: el gran, malvado y rico señor Lyndon. Su tatarabuelo, su bisabuelo, su abuelo y su padre habían vivido en Georgia.

Pensé en él mientras mi madre conducía de noche hacia la planta. Decían que su mujer era muy guapa, con uñas de dos centímetros de largo, y que el presidente Eisenhower había cenado en su casa cuando visitó Georgia, años atrás. Su casa era una antigua mansión que estuvo rodeada de plantaciones. Habían derribado las viejas casas de los esclavos, y su mujer contrató jardineros que plantaron un jardín de azaleas; decían que era espléndido, y tan grande que hasta te podías perder. Su mundo era difícil de imaginar. Pensé que algún día, cuando tuviéramos nuestra propia casa, le compraría a mi madre una azalea para que empezara a hacerse su propio jardín.

Mi madre solía llevar a mi padre al trabajo y después conducía hasta la planta, pero ahora tenía un coche nuevo. Vaya, era viejo, pero para nosotros era nuevo. La herrumbre se había llevado parte de la pintura, pero mamá decía que en sus buenos tiempos debió de haber sido precioso. Compró el coche más barato que encontró. No quería malgastar el dinero de la casa que tanto anhelaba.

Yo conseguí sentarme delante; era estupendo y me hacía sentir mayor. Mi hermano dormía detrás. Sólo me había sentado delante en el camión del tío Katsuhisa, y me encantaba: por el parabrisas se veía el mundo entero.

La carretera estaba vacía, como muchas otras por las que habíamos pasado desde que recordaba. Las carreteras de Georgia tenían fama por lo oscuras; no había luces: ni de farolas, ni de granjas, ni de pueblos. Al pasar un pantano, eché el seguro de la puerta. El mayor pantano de Georgia estaba en medio del estado. Se llamaba Okefenokee, que significa "Lugar de Tierras Temblorosas" en seminola. Nuestro pantano se llamaba Brenda, en honor de la niña que murió allí antes de que yo naciera. Su fantasma vivía en el pantano y buscaba a sus padres. Yo miré de hito en hito la negrura, vi el musgo que colgaba como baba de los pinos. Cuando soplaba el viento, parecía como si el pantano se estremeciera.

¡Cómo aborrecería yo vagar por esas aguas tenebrosas por toda la eternidad en busca de mis padres! Miré a mi madre, pero ella estaba pendiente de la carretera. Miré a mi hermano, que dormía plácidamente. Volví a mirar al pantano y pensé en Brenda. Tenía diez años cuando murió. Me pareció ver algo que se movía, pero, fuera lo que fuese, desapareció.

Intenté mantenerme despierta para disfrutar del viaje en el asiento delantero, pero me quedé dormida. Cuando desperté, íbamos despacio y vi la primera luz en muchos kilómetros. Cuatro farolas altas se erguían cerca de la valla que rodeaba la planta. Los insectos eran desastrosos para una planta avícola, así que el edificio no tenía adosada ninguna farola. Mi madre dijo que en el interior todo era de aluminio y acero. No había madera, ni siquiera en las mesas o las sillas de la recepción. La madera atraía a los insectos. Tampoco había vegetación en el recinto vallado.

La avícola era una de las industrias más importantes para la economía de Georgia, pero eso no impedía que la gente que no trabajaba en ella menospreciara a los que sí trabajaban. Eso y que fuera japonesa eran las dos razones por las que mis compañeras de colegio me ignoraban. A veces cuando mamá y yo nos encontrábamos con ellas y sus madres, éstas ni siquiera querían conocer a la mía. Mi madre no hubiera debido trabajar; a mi padre le hacía feliz mantenernos a todos, y creo que él también hubiera preferido que mamá no trabajara. Pero necesitábamos comprar la casa.

Hasta en la propia planta había cierto esnobismo. Cuando llegamos a Chesterfield, mi madre empezó a trabajar en las llamadas zonas sucias. Allí se manipulaba la sangre, las entrañas, las plumas y demás. Los trabajadores de las zonas limpias tenían prohibido el acceso a las secciones sucias, y los de las zonas sucias no podían entrar en las secciones limpias. Los trabajadores de las secciones sucias eran lo más bajo de lo bajo.

El año anterior mi madre había sido ascendida a una sección limpia, donde cortaba muslos y contramuslos de los cuerpos de los pollos. Era habilidosa y llevaba guantes pero, así todo, siempre tenía cortes en sus delicadas manos. Y solían dolerle tanto las muñecas que a veces no podía moverlas después del trabajo.

Mi madre condujo hasta un sucio aparcamiento exterior a la zona vallada y aparcó bajo unos árboles. Ya había cientos de coches aparcados. Miré alrededor. Estaba terriblemente oscuro. Ella me miró.

—Echa el seguro de las puertas —dijo—. Saldré en el descanso.

—Okey —paseé la vista por el aparcamiento y la oscura carretera—. ¿Por qué no podemos dormir en el *edifisio* mientras trabajas?

—Porque podríais robar un pollo.

Supe que no lo decía por mí en particular, sino por todo el mundo. Dos cosas inspiraban un miedo morboso al director de la planta: los insectos y los ladrones de pollos. Dónde iba a esconder yo ese pollo robado era otro asunto.

Mi madre miró su reloj.

—Llego tarde a la ducha. Prohibido salir del coche a menos que sea absolutamente necesario.

No había suficientes duchas para que todos los empleados se ducharan al mismo tiempo, así que tenían asignada una hora concreta. Mi madre salió del coche y corrió hacia el edificio.

Yo eché el seguro de las puertas y me deslicé a la parte de atrás para estar con mi hermano. Puse su cabeza en mi regazo. Cuando estaba dormido parecía un muñeco de trapo. Nada le despertaba. Le acaricié el pelo. Me gustaba su nuevo corte pinchudo. Un gran camión atravesó la puerta de la valla. Oí cloqueos y graznidos de aves. El camión se acercó al edificio. No podía verlo, pero supuse que estaban descargando pollos.

Un hombre alto caminó lentamente alrededor del edificio. No me vio. Quizá fuera en busca de ladrones de pollos. Otro coche entró en el aparcamiento y se detuvo cerca del nuestro. Una mujer de la edad de mi madre y una niña aproximadamente de mi edad bajaron de él. La chica me miró, dudó y se acercó. Yo bajé la ventanilla. Su madre me echó un vistazo, pero siguió andando hacia la planta.

—Hola —dijo la niña.

—Hola.

—¿Qué haces?

—Espero a mi madre. ¿Y tú qué *hases?*

—Yo lavo la ropa por las mañanas. Luego mi tío me viene a buscar cuando va de camino al trabajo y me quedo en su oficina —hizo una pausa y repitió con orgullo—: Es que mi tío trabaja en una oficina.

—¿Qué tipo de *ofisina?*

—Seguros —lo dijo con indiferencia, pero era obvio que estaba muy orgullosa. ¡A mí me hubiera encantado que mi padre trabajara en una oficina!—. Lavo la ropa del turno que sale a las cuatro y media de la madrugada. Después mi tío vuelve a traerme en su hora de comer y lavo más ropa, y luego mi madre me lleva a casa. Estoy ahorrando para comprarme un vestido nuevo para el cole.

—¿Puedo entrar a ver la planta? —dije.

—¡Podrías robar un pollo! —contestó, como regañándome. Volví a ver al hombre que caminaba alrededor del edificio. Ella vio que lo miraba y dijo—: Ése es el matón.

—¿Qué es un matón?

Ella lo miró. Él nos estaba vigilando, pero la niña siguió dándome explicaciones:

—¿No te lo ha dicho tu madre? Los trabajadores están intentando sindicarse. El matón trabaja para el señor Lyndon. Se encarga de impedir la actividad sindical. O sea, que no deja que los empleados se reúnan en el aparcamiento, aunque no sea para hablar del sindicato —miró su reloj y dijo—: ¡Es la hora de la primera colada!

Corrió hacia el edificio y desapareció detrás de una esquina. Los insectos se agolpaban en las luces de la valla. Deseé que pudiéramos comprar pronto la casa para que mi madre dejara de trabajar allí. Al cabo de un rato decidí que también deseaba que la niña que acababa de conocer tuviera su propia casa, y quizá un vestido nuevo. Se me estaba durmiendo la pierna, así que retiré la cabeza de Sammy de mi regazo. Qué guapo estaba. Subí la ventanilla para que el matón no pudiera entrar y hacerle daño.

Cuando me desperté, el sol se colaba por el parabrisas. Sam seguía durmiendo. Solíamos bromear comentando que si nadie se acordara de despertarlo, dormiría día y noche y no se levantaría hasta que lo llamáramos para desayunar. Lynn también era así. ¡Lo que podía dormir esa chica! A veces hasta doce horas seguidas. Pero yo tenía el sueño inquieto, y algunas mañanas me despertaba con la impresión de no haber pegado ojo. Era raro, porque, aunque muchas veces me portaba mal, luego me preocupaba un montón lo mal que me había portado. Y si me preocupaba, no dormía.

La frente de Sam estaba llena de gotitas de sudor. Se las enjugué con la manga de mi camisa. Abrí una ventanilla, y una ráfaga de viento caliente me cruzó la cara. Si hubiese sabido conducir y hubiese tenido las llaves, hubiera llevado el coche hasta una sombra. Entonces vi que mi madre atravesaba a toda prisa el suelo asfaltado que rodeaba la planta. Parecía más pequeñita que de costumbre. Lynn ya medía unos centímetros más que ella. Abrí la puerta del coche.

—¡Qué preocupada estaba!

—¡He visto al matón! —dije.

—¿Qué matón?

—El hombre que trabaja para el señor Lyndon y no deja que la gente se reúna ni tenga actividad sindical.

—¿Con quién has estado hablando?

—Con una niña. ¡Tenía el seguro de la puerta echado!

—Pues no vuelvas a hablar con ella. Y no llames matón a ese hombre. Es un empleado del señor Lyndon. ¿Entendido?

—¡Claro que sí!... sí. Pero, ¿mamá? ¿Qué es "actividad sindical"?

—Un sindicato es una asociación de trabajadores que luchan contra la misma gente que les ha dado trabajo, la misma gente que les paga los sueldos que les permitirán comprarse una casa algún día.

—Entonces, ¿un sindicato es malo?

—Está mal luchar contra la gente que intenta ayudarte.

Miró a Sam, que seguía durmiendo tan tranquilo. Me sentí orgullosa por haberlo cuidado tan bien. Ella vio el sudor en la cara de Sam, así que entró en el coche y arrancó. Paró bajo una sombra, pero dejó el motor en marcha. Probó el aire acondicionado. Algunas veces funcionaba y otras no. Esa vez funcionó. Sin embargo, hacía mucho ruido. Ya con el aire en marcha, pasamos por varios vecindarios donde mi madre admiró las casas. Se apoyó en el asiento y le noté unos cabellos blancos que nunca le había visto. Tenía treinta y tres años, dos menos que mi padre, y desde que había empezado a trabajar estaba siempre cansada. Mis padres ya sólo iban a casa para dormir o comer, y ni siquiera coincidíamos en el horario de comidas. Ya nunca hacíamos nada juntos.

Poco después, mi madre respiraba pesadamente. Pasaron muchos minutos y temí que se le hiciera tarde. Yo no sabía la hora que era, pero sí que el descanso para comer duraba poco. Miré cómo se movían las sombras de los árboles sobre la tierra. Acabé por decir:

—¿Mamá?

Respingó como si le hubiera echado hielo encima. Ni siquiera me dijo adiós, sólo farfulló algo sobre la ducha y se fue a toda velocidad. Nunca la había visto correr de ese modo. Sus pies retumbaban sobre el asfalto. Supuse que como había salido al sucio mundo exterior, necesitaría ducharse de nuevo. Me sentí culpable por no haberla despertado antes.

Cuando Sam se despertó, le di bolas de arroz y agua. Luego jugamos un poco con una baraja para niños. A decir verdad, Sam era todavía muy pequeño, y jugar a las cartas con él resultaba bastante aburrido. Le dejé ganar dos partidas para que se pusiera contento; dos de siete, no fuera a olvidarse de que la hermana mayor era yo.

Después le leí unos cuentos, y luego dormimos un poco más. Cuando volvimos a casa, estábamos cansados de no hacer nada en todo el día. Mi madre olía raro. Los trabajadores de la planta no podían tomarse descansos que no estuvieran programados. Ir al baño era considerado un descanso no programado, así que los trabajadores tenían que llevar puesta una compresa donde hacían sus necesidades cuando no podían aguantar más. Olía como si mi madre hubiera usado la suya. Decidí que algún día, cuando me hiciera rica, iba a comprar la fábrica y dejar que los trabajadores fueran al cuarto de baño siempre que quisieran.

CAPÍTULO 8

Cuando volvimos a casa, nos sorprendió ver a Lynnie acostada. No se encontraba bien, y la madre de Amber le había dicho que volviera con nosotros. No tenía fiebre, pero estaba un poco verde.

—Tiene una pinta asquerosa —dije.

—¡Calla la boca! —dijo bruscamente mi madre. Retrocedí, como si me hubiera pegado. Nunca había oído decir a mi fina y educada madre "cierra el pico".

—Me ha pasado de pronto —dijo Lynn—. Estábamos comiendo galletas y hablando del colegio en la cocina y me he puesto mala de repente.

—¿Le ha pasado también a Amber? —preguntó mi madre.

—No, ella está bien. Pero yo me mareé al levantarme de la silla.

—Será mejor que Sam y Katie duerman en el salón. Puede ser contagioso —retiré un poco a Sam. Mi madre recapacitaba—. ¿Será sarampión? Tú no lo has pasado, Katie *también*.

Mi madre hablaba un inglés perfecto, pero, cuando se alteraba, se equivocaba. En ese momento parecía tranquila, pero yo sabía que no lo estaba. Igual que cuando se rompió la pierna y no cesaba de repetir: "Me he *rompido* la pierna". Retiré a Sam un poco más.

Últimamente, Lynn estaba cada vez más cansada. Mis padres hablaban mucho de ella. Entre tanto, Sammy y yo nos llevábamos cada vez más reprimendas, y nuestros padres ya no disponían de tiempo para nosotros, porque gastaban las pocas energías que les quedaban en pensar en Lynn.

Cuando mi hermana se sentía mejor, tenía un montón de energía, por eso no acababa de creerme que estuviera enferma, aunque fuera la única que iba al médico. Él le regalaba caramelos, y a Sam y a mí nos daba envidia. Además, no iba al colegio cuando se encontraba mal. A mí me parecía que tenía mucha suerte. Pero hoy tenía peor aspecto que otras veces.

Mi madre me hizo llevar a Sam a casa de los Muramoto. Eran los únicos vecinos que tenían televisor. La televisión era genial. Por suerte, a los Muramoto les gustaba *The Twilight Zone* (*Dimensión desconocida*), y la veíamos con ellos todas las semanas. Nos sentamos en el sofá con la señora Muramoto, que en ese momento veía las noticias. Le gustaban porque su marido tenía la voz grave y clara, y ella decía que si fuera *hakujin* (blanco), podría ser presentador. Él no estaba en casa, porque trabajaba con mi padre en el criadero. Yo pensaba que el señor Muramoto hablaba con voz más grave de la que en realidad tenía. Le gustaba sentarse a solas en la cocina y leer el periódico en voz alta, haciendo de locutor.

—¿Dónde está Lynn? —preguntó la señora Muramoto. Era una mujer tranquila que trabajaba para un sastre.

—Está cansada otra vez —contesté. Siempre le decía a la gente que estaba "cansada" en lugar de "enferma".

Vimos las noticias y un par de concursos, y después volvimos a casa. Mis padres estaban haciéndole compañía a Lynn, así que llené la bañera para Sam y le leí un cuento mientras se bañaba. Le encantaba que le leyeran durante el baño. Después le puse el pijama y preparé el sofá para que se acostara. No me solían gustar las faenas de casa, pero cuidar de Sam era la excepción.

Por desgracia, si Sam dormía en el sofá, para mí sólo quedaba el suelo. No comprendía por qué no podíamos dormir en nuestras camas. Si lo de Lynn era contagioso, nos lo iba a pegar igual, porque vivíamos en el mismo apartamento. Sus microbios estarían ya por todas partes.

Me bañé en el agua de Sam y extendí varias mantas sobre el suelo del salón. Cuando era pequeñita, me encantaba dormir en el suelo. Solíamos pedirle a mi madre que nos dejara dormir en el suelo, pero ahora el suelo me resultaba duro. Al poco rato apareció mamá; estaba enfadada. Me acordé de que no había limpiado el cerco de la bañera, pero no dije nada. Yo también estaba de mal humor, porque el suelo era duro.

Mi madre era una especie de maniática de la limpieza, y mi silencio sólo consiguió sacarla de quicio.

—¿Cuántas veces tengo que decírtelo? —preguntó. Mi padre se puso detrás de ella. Incluso él parecía enfadado conmigo, y casi nunca se enfadaba.

—Katie —dijo papá—, ¿cuántas veces tiene que decirte tu madre que limpies el cerco de la bañera?

—No sé por qué tenemos que dormir en el suelo.

La cara de mi padre se ensombreció. Sentí un poco de miedo. Nunca se había enfadado de verdad con nosotros, nunca. Eso le correspondía a mi madre.

Mamá estaba a punto de llorar, pero yo era famosa por mi cabezonería. Quizá porque Lynn siempre me había dejado ir a mi aire. Así que me tapé la cabeza con las mantas. Me quedé de piedra cuando mi madre las retiró y me levantó tirándome del brazo. Mi padre puso su mano sobre la de ella, para refrenarla. Ella se echó a llorar. Yo no entendía nada: ¡sólo era un cerco de bañera! Mi padre me miró severamente.

—Vete ahora mismo a limpiar la bañera —dijo en voz baja.

Entré en el baño y cerré la puerta. Me senté en el suelo para pensar un momento, pero me caía de sueño, así que limpié la bañera. Tengo que reconocer que sólo me llevó un par de minutos. Cuando salí, mis padres estaban en su dormitorio. Les oí hablar pero no entendí lo que decían.

Me detuve en mi cuarto y pegué la oreja a la puerta. No se oía nada. Miré alrededor para asegurarme de que mis padres seguían en su habitación. Después abrí la puerta. La luz estaba apagada, y Lynn miraba al vacío. Ni siquiera notó que había entrado.

—¿Lynnie? —dije. Ella giró la cabeza para mirarme, la cara inexpresiva—. ¿Quieres algo?

—¿Como qué?

—No sé. ¿Comida?

Ella meneó la cabeza.

—No deberías estar aquí. Te puedo contagiar.

—¿Qué tienes, Lynnie?

—No lo sé. Anemia, quizá. Eso significa que necesito más hierro y que tengo que comer hígado. Mañana me quedaré en la cama. Tú y Sam tendréis que iros con mamá otra vez.

—Podríamos quedarnos contigo.

—Papá dice que no; podríais contagiaros.

—¿La anemia es contagiosa?

—No, pero puede ser otra cosa.

—¿Como qué?

—El médico no lo sabe.

A veces, cuando yo era más pequeña y me ponía enferma, mis padres no dejaban que Lynn entrara en nuestro cuarto, pero ella solía entrar de todas formas, para cuidarme. Se preocupaba mucho por mí.

Volví al salón y me eché en el suelo, al lado del sofá. Me levanté para ver si la frente de mi hermano estaba demasiado caliente o demasiado fría. La toqué: estaba normal.

Aún era de noche cuando mi madre nos despertó y me dijo que vistiera a Sam. Mi padre ya se había ido a trabajar. Mamá dijo que la tía Fumi iba a pasar el día con Lynn. Si mi hermana no podía cuidar de sí misma, la cosa debía de ser grave.

Sam estaba medio dormido. Mientras lo vestía, lloriqueó un poquito:

—¿Por qué tengo que ir yo? En el coche hace calor.

—Ya lo sé. Lleva tu *sepillo* de dientes para después.

Fue corriendo al cuarto de baño. Siempre me hacía caso.

Guardé la comida que nos había preparado nuestra madre. Después seguimos a mamá hasta el coche y entramos en silencio. Decidí sentarme detrás: ese día no me sentía mayor. Mientras circulábamos por la oscura carretera, Sam se apoyó contra mí y se quedó dormido. Pasamos el pantano, y estuve mirando con la esperanza de ver a Brenda, o las luces, las extrañas luces que los habitantes de la zona decían ver en las ciénagas.

A veces, tenía la impresión de que veía algo moviéndose entre los árboles, pero después me percataba de que sólo era musgo mecido por el viento. ¡Entonces la vi de verdad! Era una niña pálida vestida de blanco. Iba corriendo, con un perro al lado. Bajé la ventanilla. El aire húmedo se coló en el coche. Brenda zigzagueó entre los árboles, y después se adentró en el pantano y desapareció. Me volví para averiguar si mi madre se había enterado de algo, pero ella miraba al frente.

Desde que habíamos salido de casa, mi madre no había dicho ni pío. Supuse que estaba preocupada por

Lynn. Y aunque no podía verle, sabía que mi padre también lo estaría. Un sarampión no era para tanto. Yo había conocido a muchos niños que lo habían pasado. Y, por lo que había oído, la anemia tampoco era tan terrible. La tía Fumi estuvo anémica una temporada. Sin embargo, mis padres estaban muy preocupados. Llegué a la conclusión de que se debía a que nos querían mucho, aunque no siempre fuéramos buenos. Lynn se portaba mejor que yo, por supuesto, y Sam también. Pero aunque la enferma fuera yo, podía contar con que mis padres se preocuparían un montón.

Aunque tenía sueño, en la planta intenté no dormirme: para vigilar al matón. Mi madre no dijo nada más sobre él. Había entrado corriendo a ducharse. Poco después llegó el coche de la niña de la lavandería. Recordé que mi madre me había dicho que no hablara con ella, pero me saludó con la mano, así que tuve que devolverle el saludo. Después se acercó, así que tuve que bajar la ventanilla. Escudriñó el interior del coche en busca de Sam.

—Yo también tengo un hermano —dijo—, pero el mío es mayor.

Ahora tenía que hablarle: hubiera sido de mala educación no contestar.

—Se llama Sam. Yo soy Katie Takeshima.

—Yo me llamo Silly Kilgore.

—¿De dónde viene Silly?

—De Silvia.

Silvia era pálida, y también su enmarañado pelo y sus ojos lo eran. Y muy flacucha, igual que yo.

—Oh. El mío es de Katarina —en realidad era la forma abreviada de Katherine. No estaba mintiendo del todo porque, aunque en mi certificado de nacimiento pusiera Katherine, Lynn siempre me decía que mi nombre verdadero era Katarina.

—¿Vas a venir todos los días?

—Sólo esta semana. Después tengo que ir a la escuela de verano, porque no saco buenas notas. Voy a ir a África a estudiar animales, cuando sea mayor.

—Yo voy a ser médico.

—¿Las chicas pueden ser médicos?

—Yo sí.

—¿En serio? —hice una pausa. Eso era nuevo para mí. Nunca había visto un médico chica. Miré los alrededores—. ¿Dónde está el matón?

—Ha habido problemas en otra planta. Ha tenido que ir allí —dijo, y añadió con orgullo—: Mi madre apoya lo de tener un sindicato.

No contesté.

—Me tengo que ir a trabajar ya mismo —dijo Silly. Se fue corriendo.

Dormí un rato, me desperté y le di a Sammy un poco de arroz; dormí algo más, y me desperté definitivamente cuando el sol se elevaba sobre los campos. Decidí entrar al recinto vallado y explorar la planta.

Era un largo edificio rectangular con algunas ventanas altas. En un lateral había un cubo de basura. Lo arrimé a la pared y me subí encima. Poniéndome de puntillas, fisgué el interior por una de las estrechas ventanas. Todos los de dentro iban de blanco. Al principio no localicé a mi madre, pero después divisé su pequeña espalda. Era la trabajadora más diminuta de la fábrica. Cortó con destreza un par de patas del cuerpo de un pollo. Después separó los muslos de los contramuslos, y dejó unos y otros en distintas cintas transportadoras. A continuación llegó otro pollo, y ella le cortó las patas. Así una y otra vez. No podía verle la cara, pero las de otros trabajadores eran totalmente inexpresivas. La mayoría eran mujeres.

Pude distinguir un cartel titulado LAS TRES REGLAS DEL PROCESADO DE CARNE. Bajo el título decía: 1. HIGIENE. 2. HIGIENE. 3. HIGIENE. Mi madre afirmaba con orgullo que esta planta era la más limpia de Georgia. Por lo visto, otras plantas procesadoras estaban bastante sucias. Mamá decía que los pollos de esta planta eran tan sabrosos que la mujer del señor Lyndon los servía en sus recepciones. Nosotros no habíamos comido ninguno. En Navidad sorteaban dos pollos para uno de los empleados, pero a mi madre no le habían tocado nunca.

Oí un chasquido y, a continuación, el corroído metal del cubo empezó a desmoronarse y caí al suelo. Me quedé inmóvil un momento, siguiendo el consejo de mi padre: "No te muevas hasta que compruebes que no estás herida". Cuando me senté, vi que tenía sangre en las piernas, y que el matón se inclinaba sobre mí, frunciendo el ceño. Tenía arrugas perpetuas entre las cejas y era incluso más alto que mi padre.

Él levantó la vista y miró a mi espalda; me volví: otro hombre se aproximaba. Se me hizo un nudo en el estómago.

Entonces Silly se acercó corriendo. ¡Esto parecía un congreso!

—¡Hola, tío Barry! —dijo al hombre que acababa de llegar. Su tío me miró y me ayudó a levantarme. Llevaba una camisa de vestir, y su actitud denotaba dignidad.

—¿Estás bien? —me preguntó Barry, el tío de Silly.

El matón dijo:

—¿Qué pasa aquí?

—Son sólo unas crías, Dick.

Dick se rascó una picadura de la mejilla.

—Bueno, vamos a sacarlas de aquí.

Barry nos dio la mano y nos condujo al exterior del recinto.

Silly dijo:

—Ésta es mi nueva amiga Katie.

Él se detuvo y me estrechó la mano, igual que hubiera hecho con una persona mayor.

—Encantado de conocerte, Katie.

Iba tan bien puesto que le contesté con la mayor educación:

—Encantada de *conoserlo*, señor.

Después me soltó la mano, y él y Silly subieron a su coche. Los miré mientras se alejaban. El coche de Barry era bastante bonito. No debía de tener ni dos años.

En el coche de mamá, Sam me ignoró unos cuantos minutos por haberlo dejado solo. Pero le duraban poco los enfados. Era un verdadero sol. Por eso lo quería tanto. Dick el Matón estaba plantado junto al edificio, vigilándome. Cerré bien las puertas.

En los días siguientes Silly acabó lo antes que pudo para tener tiempo de hablar conmigo. Sam y yo compartimos con ella nuestras bolas de arroz y nuestras algas, y ella compartió sus sándwiches con nosotros. El pan de los sándwiches era asombroso. Podías arrancar la parte del centro y transformarla en una dura bola de miga antes de comértela. O hacer tiras largas y enrollártelas alrededor de la lengua. Sammy no había visto nunca un pan similar, y le encantó.

Silly nos contó que su padre había muerto cuando ella era un bebé, y que su tío (el hermano de su padre) había sido para ella como otro padre. Barry había montado una tienda de rótulos, pero quebró, y Silly debía trabajar para colaborar en los gastos de su ropa para el colegio. En su tiempo libre ayudaba a su madre, doblando folletos del sindicato.

Comparada con ella, yo era una perezosa. Me las arreglaba para limpiar un poco por mi cuenta pero, aparte de eso, sólo cuidaba de Sammy. La zona que rodeaba mi cama era la más desordenada del cuarto, por no hablar de lo que había debajo de mi cama. Cada vez que me tocaba lavar los platos ponía una excusa, o dos, y si Lynn se encontraba bien, dejaba que los lavara ella. Y encima eran mis padres quienes me pagaban la ropa del colegio.

Silly y yo nos dimos nuestros números de teléfono. Le prometí dejarle la bicicleta de Lynn para ir juntas de paseo. ¡Era la única niña que conocía que no había tenido una bicicleta en su vida!

CAPÍTULO 9

Lynn mejoró, y estuvo tanto tiempo sin ponerse enferma que supuse que todo iba bien. Mis padres seguían pendientes de ella, pero hasta ellos parecían más relajados. En mi undécimo cumpleaños invité a Silly. Yo estaba tan ilusionada que ni siquiera me importó que mi madre le diera permiso a Lynn para invitar a Amber a *mi* cumpleaños. Hice un pastel, torcido pero rico, y Silly y yo pasamos todo el día diciendo que éramos las Shirondas y cantando y bailando locamente al son de la radio. Inventamos pasos de baile y fingimos estar en *El show de Ed Sullivan*. Amber dejó bien claro que le parecíamos unas idiotas, e intentó que Lynn pensara lo mismo, pero Lynn dijo que éramos "la octava maravilla". Fue su nueva frase para mí. Ella y Amber dieron paseos con las cabezas bien altas. Ya ni siquiera necesitaban llevar libros. ¡Caminar tiesas les salía de forma natural! Amber se enfadó porque quería ir al patio del colegio para ver si había algún chico mono, pero mi madre dijo que Lynn debía quedarse en casa, porque era mi cumpleaños.

Así que se sentaron en el salón e irguieron las cabezas, mientras Silly y yo bailábamos. Después Silly y yo contamos cuentos de fantasmas. Luego disfracé a Sam con ropa divertida hasta que mi madre nos regañó. Por último, salimos para encontrarnos con la madre de Silly, que había quedado en venir a buscarla. Acompañé a Silly para ayudarla a llevar sus jarras de agua. Mi amiga vivía en una zona de las afueras del pueblo, donde no había agua corriente, así que, fuera donde fuese, llevaba jarras vacías para llenarlas y llevarlas a casa. Le pedí a mi madre que nos acompañara y llevara también una jarra. Ella frunció el ceño pero aceptó. Supe que había fruncido el ceño porque el agua no crecía en los árboles.

Nos sentamos en los escalones de entrada. Al otro lado de la calle unos adultos hablaban y se reían. En la calzada, unos niños jugaban al balón prisionero.

La madre de Silly, la señora Kilgore, detuvo su coche y salió. Ella y mi madre inclinaron educadamente las cabezas y pensaron en algo que decir. La señora Kilgore era una mujer sensata y seria. No creía en la charla trivial. Miró a mi madre y dijo:

—El sindicato se reúne el próximo miércoles en la iglesia de la calle Frame.

—Sí —dijo mi madre con frialdad. Le daba terror que los despidieran a todos, a ella incluida, por culpa de los partidarios del sindicato. Ella quería una casa, y le daba igual ir o no ir al baño durante el trabajo, le daba igual que los dedos se le pusieran tan rígidos que apenas podía moverlos al acabar la jornada. Si ése era el precio de una casa, estaba dispuesta a pagarlo.

—La reunión es a las siete y media de la tarde —dijo la señora Kilgore.

—El miércoles por la tarde no me viene bien —contestó mi madre.

Silly y su madre se marcharon.

—Mamá, ¿por qué no te viene bien el miércoles?

—Esa mujer está causando muchos problemas.

Mi madre hizo que me sentara en los escalones, a su lado. Pensé que iba a decirme que Silly y yo no podíamos seguir siendo amigas, pero, en lugar de eso, me sujetó la cara con las manos y torció el gesto.

—¿Quieres dejarte crecer el pelo? —dijo. Yo esperaba que dijera algo más importante, aunque no sé el qué.

Mamá me había hecho la permanente durante un tiempo, cada pocos meses, pero el líquido hacía que se me cayera el pelo. Así que últimamente había vuelto a las horquillas y los rulos nocturnos.

—¡Odio los rulos! —dije. Ella no contestó. Empezaba a anochecer. No había farolas, pero la calle estaba iluminada por las luces de los apartamentos y de un motel cercano cuyo rótulo se encendía y se apagaba, se encendía y se apagaba. M-O-T-E-L, en neón aguamarina.

—Tu profesora de la escuela de verano dice que has sacado buena nota en el test de rendimiento.

—¡Mucho que sí! —ella me clavó los ojos, y yo dije—: Sí, quiero decir.

—Nadie entiende por qué no sacas notas mejores.

—Lo intento.

—Tu padre está muy disgustado.

Eso me sorprendió. Yo pensaba que mi padre estaba satisfecho conmigo. Ella me dio unas palmaditas en la rodilla y se levantó. Siempre había parecido más joven que las otras madres, en parte por su estatura, pero esa noche gruñó al levantarse y, hasta con poca luz, su cara parecía más vieja que en los meses anteriores. Recordé los cabellos blancos que le había visto. Abrió la puerta y yo la seguí.

Aquella noche intenté concentrarme en mis deberes para el lunes, pero me aburría. Teníamos que leer una historia sobre un hombre que descubría un tesoro. Después compraba ropa muy cara y cenaba cosas fantásticas, pero perdía a sus mejores amigos porque se obsesionaba con el dinero. Debíamos escribir tres párrafos respondiendo a las preguntas: ¿Qué trata de decir el autor al describir con tanto detalle las costosas cenas? ¿Cuál es el tema de la historia? ¿En qué cambia al final el protagonista? Era una buena historia, y me gustaba, pero no sabía contestar a esas preguntas.

Amber se marchó, y a Lynn, que había leído la historia, rápidamente me dijo que trataba sobre la avaricia. Así que puse que el tema de la historia era la avaricia. Y después no se me ocurrió nada más. Por último escribí: *Las descripciones de las cenas describen muy bien la avaricia. La avaricia es mala. La gente no debería ser avara. Al final del libro al protagonista se le quita la avaricia*. Añadí otros pocos comentarios brillantes, doblé el papel por la mitad y lo metí en el libro. Supuse que sacaría otra C, y con eso me bastaba.

Esa noche Sam se durmió antes que yo, como siempre, y gritó en sueños:

—¡Llámame *señor* Takeshima!

Yo me reí y me levanté y lo besé y me aseguré de que estuviera bien tapado.

—Buenas noches, señor Takeshima.

Al volverme, me sorprendió ver a Lynn sentada en el suelo, junto al sofá. Abrazaba las rodillas contra su pecho.

—Gregg se marcha —dijo.

—Yo creí que iba a venir a *senar* algún día.

—Iba, pero luego averiguó que se marchaban. Ya tienen todo preparado. No se lo he dicho a nadie.

—¿Ni siquiera a Amber?

—No.

—¿Estás enamorada de él?

Ella lo pensó.

—No. Supongo que me gusta, pero no lo amo.

Eso estaba bien. En mi humilde opinión, Gregg era un poco asquerosito. Su pelo tenía pinta de cepillo de caballos, y, cuando hablaba, se le formaban charquitos de saliva en las comisuras de la boca. No tenía ni punto de comparación con Joe-John Abondondalarama. Por supuesto, esto no se lo dije a Lynn.

Mi hermana volvió a su dormitorio. Antes solíamos despertarnos la una a la otra en mitad de la noche para contarnos lo que pensábamos, pero Lynn llevaba mucho tiempo sin hacerlo. Normalmente, cuando ella me despertaba, era para hablar de la universidad. Yo había decidido en secreto no ir a la universidad, pero tenía pensado vivir en la misma ciudad que Lynn. Así podríamos compartir piso en un edificio alto, como ella deseaba.

Lynn parecía triste con lo de Gregg.

Me levanté y entré en su cuarto y me senté en su cama.

—¿Li-jun?

—¿Sí?

—En tu clase hay otro chico que a mí me *parese* más mono.

—¿Quién?

—Creo que se llama Clifton.

—¡Clifton! ¡Oooh! Creí que estabas hablando en serio. ¡Qué gracia tienes!

Me percaté de que debía de haber dicho una tontería.

—Pues el chico está bien —dije a la defensiva. Últimamente siempre pasaba lo mismo: cuando intentaba hablar con ella, conseguía que me sintiera inmadura, aunque no lo hiciera a propósito. Volví al salón y me dormí.

Al día siguiente Lynn estaba tan cansada que no quiso levantarse. Le freí una ración extra de hígado y le dije que lo masticara bien. Mi madre siempre me decía que masticara bien cuando me ponía mala. Era domingo. Lynn pasó la mayor parte del día durmiendo. Por la noche, cuando intenté darle de cenar, la comida se le cayó de la boca.

No tenía fuerzas ni para masticar. Hasta me ofrecí a masticárs/elo, pero ella dijo:

—¡Puaj!

Mi madre decidió llevarla al hospital. Mi padre estaba trabajando y en el edificio no había nadie, porque esa noche jugaban a los bolos, así que mi madre llamó al tío Katsuhisa para que cuidara de Sam y de mí. A mi tío no le gustaban los bolos, porque no había que pensar. Mi madre le puso a Lynn una chaqueta sobre el pijama. Lynn salió tambaleándose.

Cerré la puerta de la calle y esperé a que llegara mi tío. La frente de Sammy estaba arrugada. Era tranquilo, como mi padre, por lo que verle la frente así era inusual. A mi madre le gustaba decir que Sam no iba a tener nunca arrugas, porque jamás torcía el gesto. Pero ahora estaba preocupado por Lynn.

Cuando el tío Katsuhisa llamó a la puerta, le obligué a darme la contraseña. Él dijo irritado:

—Abre ahora mismo, señorita, o mi ira caerá sobre ti.

Dio la casualidad de que ésa era la contraseña, así que abrí la puerta.

El tío entró y lo siguieron la tía Fumi, Daniel y David. Lo hacían todo juntos. Al contrario que mi padre, el tío tenía un solo trabajo y la tía no trabajaba en nada. David y Daniel podían ver a sus padres continuamente.

No sabía qué esperar del tío y la tía. La última vez que los había visto, estaban discutiendo. Eran así. Un día estaban locamente enamorados y al siguiente regañaban. Y luego, al siguiente, volvían a enamorarse.

Habitualmente, el tío Katsuhisa era escandaloso, pero hoy estaba muy comedido. Además, tanto él como ella se hablaban con brusquedad. Era evidente que habían discutido.

Él dijo:

—No aguanto a las mujeres que malgastan el dinero.

Ella dijo:

—Las mujeres necesitamos abrigos.

Él dijo:

—¿Con treinta grados?

Ella dijo:

—No siempre habrá treinta grados.

Y así sucesivamente. Después se callaron, y nos limitamos a quedarnos sentados, cabizbajos.

De pronto, el tío Katsuhisa se puso en pie y anunció:

—¡Vamos a jugar al *Scrabble*! —lo dijo como si jugar al *Scrabble* fuera tan divertido como dar un paseo en bici, o similar.

A mí no se me daba bien el *Scrabble*, pero era mejor que estar sentados en el salón mirándonos unos a otros. Preparé el juego. El tío se sentó en una silla y dijo:

—¡Reunión familiar!

Sam sabía leer palabras sencillas, pero era muy pequeño para jugar. Se sentó a mi lado. El tío lo miró con recelo, como si sospechara que iba a ayudarme a hacer trampas. David y Daniel estudiaron sus letras. Empezaba yo. Estudié las mías. No parecían contener ninguna palabra. El tío carraspeó. Al poco, sus pies hicieron *tap*, *tap*, *tap* sobre el suelo; y luego, *pompompompom*. Tuve la sensación de estar fastidiando la reunión familiar. El tío echó un vistazo a mis letras y alzó las manos al cielo.

—Piensa, Katie. Piensa, Katie. ¡*Piensa*, Katie!

Me miró como si pensara que yo sufría una lesión cerebral. Le había visto mirar así a la tía Fumi en alguna ocasión. Nunca llamaba estúpido a nadie, pero a veces te miraba como si lo fueras.

—Estamos esperando, Katie —dijo—. Piénsalo con calma.

—No se me ocurre nada —era difícil pensar con tanto zapateo.

—Piénsalo con calma.

—Déjala en paz, Katsu. Ya lo está pensando —dijo tía Fumi.

—Sólo quiero ayudar —protestó él. Después me miró como si yo tuviera la culpa de que la tía lo regañara. Luego la miró a ella—. ¿Puedo decirle una cosa más?

—No —contestó mi tía.

Volvió a mirar mis letras y meneó la cabeza.

—Tienes que estar a la altura de las circunstancias —me dijo, mirando de reojo a la tía. Ella puso mala cara.

A mí seguía sin ocurrírseme nada. El Scrabble no era mi especialidad. Al pensar en ello caí en la cuenta de que no tenía especialidad alguna. Miré mis letras: S-P-A-B-T-W-Q. Y entonces lo vi, o creí verlo. Puse B-A-S. Saqué muy satisfecha tres letras más: todas vocales. Sonreí a mi tío. Él miraba el tablero de reojo. Entonces se inclinó y enterró la cabeza entre las manos. Gruñó a todo trapo una y otra vez.

—¡No seas tan melodramático, Katsu! —exclamó tía Fumi.

—¿No es una palabra? —pregunté por fin.

—No, no es una palabra —contestó mi tío—. No es una palabra. *No* es una palabra —no había levantado la cabeza. Se golpeó la frente contra la mesa un par de veces. Alzó la cabeza—. Pero ¿qué les enseñan ahora en el colegio? Tiene trece años.

—Tiene once.

—Tenga trece u once, eso sigue sin ser una palabra.

Mi tía me acarició la cara afectuosamente.

—Lo has intentado, cariño.

—"Bas" es una palabra —dije—. "Tú *bas*". Es del verbo "ir", ¿no?

—Fumi, por favor, aclárámelo: ¿está haciendo esto para atormentarme? No sé si sólo lo hace para atormentarme. Porque si no lo hace para atormentarme, vale, pero si lo hace para eso...

Mi tía me miró con dulzura.

—Observa las letras que has puesto, cariño. Hay una palabra en ellas —me acarició la cara—. ¿Qué otra palabra podrías escribir?

Miré a Sam. Decía algo con los labios. Parecía "Ah". Volvió a hacerlo: "Ah".

—Ah —murmuré.

—Ssss —dijo Sam. Quité la B y la puse con mis otras letras, dejando sobre el tablero la A y la S.

Mi tío miró fijamente mi palabra: "as". Miró a Sammy y dijo:

—*Gracias*, Sammy.

—A veces, lo más obvio es lo más difícil de ver —dijo dulcemente la tía.

David miró de reojo a su padre, que me lanzó una mirada asesina antes de lanzarle otra al tablero. David, que había sido siempre colega mío, ordenó ceremoniosamente todas sus letras, las colocó y deletreó: E-S-P-E-R-M-A.

Reinó el silencio. En realidad, yo no estaba segura de lo que significaba esa palabra. Pero me hacía una idea.

El tío Katsuhisa clavó los ojos en el tablero y asintió con la cabeza varias veces.

—¿De dónde has sacado esa palabra? —preguntó la tía Fumi.

—De papá.

El tío Katsuhisa dio la callada por respuesta y se sonrojó. Dijo:

—Es una palabra que existe, y eso es lo único que interesa en este caso.

La tía lo miró de reojo. El teléfono sonó, y ella fue a contestar. Nadie se movió mientras hablaba. Cuando colgó, volvió al salón y se quedó allí de pie. Entonces se echó a llorar y salió corriendo de la habitación. El tío se levantó lentamente y fue en su busca. Al poco los oímos hablar.

Después la otra habitación se quedó muy silenciosa. Guardé el juego. David, Daniel, Sammy y yo permanecimos sentados, sin hacer nada, lo que resultaba tan aburrido como parece. Por fin, David y yo salimos de puntillas al pasillo para espiar a los tíos. Estaban en la cocina, y la radio sonaba muy bajito. Se abrazaban con mucha fuerza.

No bailaban exactamente, pero se balanceaban al ritmo de la música. Me di cuenta de que a David le gustaba verlos así, aunque se sintiera avergonzado, porque era un poco tontorrón.

Tuve que interrumpir su danza para preguntar:

—Tía, ¿eran mis padres?

Ella y mi tío dejaron de bailar.

—Sí, era tu madre —explicó mi tía—. Me ha dicho que te diga… que te diga que todo va bien. No te preocupes, mi vida. Me ha dicho que te lo dijera.

Capítulo 10

Cuando Lynn volvió del hospital un par de días más tarde, mi madre insistió en que se encontraba mejor. Parecía ser que su anemia le estaba "dando guerra" y sólo necesitaba más hígado.

Todos los días me sentaba a su lado y le daba arroz con hígado (guardaba un poco para Sam, por si acaso), y después le hacía tomar sus comprimidos de hierro. Si se ponía cabezota, le metía las pastillas hasta la garganta y le apretaba la boca hasta que se las tragaba. Una vez intentó morderme.

Mientras Lynn no mejorara, Sam y yo teníamos que seguir durmiendo en el salón. Mis padres me habían comprado una cama pequeña. Tenía la sensación de que Lynn debía sentirse muy sola pero, al echar una miradita a su diario, leí:

Me da pena que los niños tengan que dormir en el salón, pero es estupendo tener una habitación para mí sola. Me encanta la intimidad.

Yo no me consideraba uno de "los niños", pero tuve que admitir que Lynn aún pensaba en mí de ese modo.

Después de darle la cena, saqué mi pijama del armario, dije buenas noches y salí del cuarto. Más tarde, cuando me desperté, la encontré sentada en el suelo, junto a mi cama.

—¿Qué pasa? —dije.

—Amber me ha dejado tirada.

—¿Que te ha dejado tirada? ¿Como amigas, *dises*?

—Sí. Y en realidad no me importa. Era una farsante.

¡Eso se lo podía haber dicho yo hacía mucho! Por un instante fugaz tuve la sensación de ser la hermana mayor en vez de la pequeña. Lynn se levantó.

—En fin, buenas noches —dijo.

—Buenas noches.

No se movió; se limitó a quedarse allí de pie. La luz del motel que había calle abajo arrojaba una sombra destellante sobre su cara. Me di cuenta de que había estado llorando.

—Buenas noches —repitió.

—¡Buenas noches!

El día siguiente, al salir de la escuela de verano, me topé con Amber y sus amigas. Lynn seguía en cama. Amber me dijo:

—¿Se puede saber qué llevas puesto?

Yo llevaba un vestido de lunares que había confeccionado para mí la señora Muramoto. ¡Yo creía que iba a la última! Pero esas chicas empezaron a reírse de mí. Todas llevaban pantalones piratas.

—¡Eres una farsante! —dije.

—¡Y tú una pagana! —dijo ella.

Yo no sabía qué era eso de "pagana", pero dije:

—¡Y tú otra!

—¡Has reconocido que eres una pagana! —dijo ella.

Pensé en Lynn acostada y enferma, y le di un empujón a Amber. Ella me lo devolvió. Cerré mi mano derecha en un puño y le arreé un puñetazo. Apartó la cara, así que apenas la rocé. No parecía haber sufrido ni un rasguño, pero yo pensé que me había roto la mano. ¡Qué cara más dura tenía! Entonces un paseante nos separó y nos obligó a marcharnos a casa.

Esa noche sentí una rabia tremenda contra aquellas chicas. Pensé que las odiaba. Nunca había odiado a nadie. Era horrible.

Les conté a mis padres que Amber había dejado tirada a Lynn. Ojalá no lo hubiera hecho, porque les afectó mucho. Pero después me alegré, porque pasaron largo tiempo hablando en la cocina y luego anunciaron que íbamos a pedir un crédito al banco.

—¡Yo creía que pedir un préstamo no era una buena idea! —dije.

—Queremos comprarle una casa a tu hermana —dijo mi madre.

Esa noche Lynn estuvo más contenta de lo que había estado en muchos meses. Ya hacía tiempo que no escondíamos el dinero en el baño: lo guardábamos en el armario. De vez en cuando contábamos las monedas y hacíamos rollos. Lynn los cambiaba por billetes en el banco. A veces yo la acompañaba. A mí no me gustaba el banco. Me parecía absurdo que un puñado de extraños se dedicara a guardar el dinero de todo el mundo en cámaras. Si en nuestro piso entrara un ladrón, yo le atizaría en la cabeza con una lámpara. Personalmente, no necesitaba el banco para nada.

Habíamos ahorrado cien dólares. Sammy seguía comprándose chucherías porque aún era pequeño, pero Lynn y yo llevábamos sin comprarnos dulces un montón de tiempo.

La noche antes de ir al banco con nuestros padres para pedir el crédito, Lynnie, Sammy y yo les entregamos un sobre rosa con el dinero y una nota que decía: *De Lynn, Katie y Sam.* Habíamos incluido a Sammy porque éramos un trío.

Cuando nuestros padres vieron el dinero, nuestra madre se echó a llorar, abrazó a Lynn, sollozó, y dijo una y otra vez:

—Te quiero mucho, Lynn.

Sollozaba tanto que salió corriendo de la cocina, se metió en su dormitorio y dio un portazo.

Papá nos besó a todos y entró al dormitorio para hablar con mamá. Se suponía que el dinero debía darle una alegría, así que nos quedamos un poco perplejos.

Lynn se sintió con fuerzas para lavar los platos mientras Sammy y yo intentábamos hacer el pino contra el frigorífico.

Al día siguiente, al volver de la escuela de verano, me dejé la ropa del colegio y acompañé a mis padres, Lynn y

Sam al banco. Sam llevaba su camisa más elegante, pero le estaba un poco pequeña. Lynn seguía sintiéndose bien. Arrastramos un montón de sillas hacia el escritorio del encargado de tramitar los créditos y nos sentamos, pasmados, mientras él pedía a mis padres unos papeles que habían rellenado. Al revisarlos, unas veces fruncía el ceño y otras asentía satisfecho. Conté siete asentimientos de cabeza y sólo tres fruncimientos de ceño. Se levantó para estrecharles la mano a mis padres.

—Ya les llamaremos —dijo.

Dos semanas más tarde, el banco nos concedió el crédito, y ese mismo día llevamos a Lynn a ver casas. Encontró una el primer día. La eligió azul cielo, porque dijo que cuando yo era pequeña le había dicho que quería que nuestra primera casa fuera de ese color. Poco después nos trasladamos.

Era una casa pequeña, casi como el apartamento, pero con dos habitaciones más: un comedorcito y un pequeño hueco que daba al salón. Incluso volvíamos a estar cerca del mismo motel, con su mismo rótulo parpadeante, sólo que ahora nos encontrábamos en el lado opuesto. Sin embargo, teníamos la sensación de estar muy lejos de nuestro antiguo apartamento.

Lo primero que salió del camión de mi tío fueron nuestros escritorios. Lynn y yo pensábamos ponerlos en el hueco del salón. Papá y el tío entraron en la casa vacía acarreando el escritorio de Lynn.

—¿Dónde lo ponemos? —dijo nuestro padre.

Lynn me miró.

—¿Qué lado prefieres?

—Elige tú.

Las dos sabíamos cual era el lado bueno: el que daba al gran magnolio del patio.

—No, elige tú.

—Qué, dónde lo ponemos, niñas —dijo el tío Katsuhisa.

—Yo me pido ése —dije señalando el lado malo.

—¡Porque tú lo digas! —dijo Lynn.

—No, si a mí no me importa pasarme aquí todo el día esperando —dijo nuestro tío. Estaba agotado, porque él y mi padre acababan de descargar todo el camión. Los dos soltaron el escritorio, y el tío dijo que iba a tirar una moneda al aire.

Tiró un cuarto de dólar, lo agarró cuando caía por detrás de él y lo estampó sobre su antebrazo. Lynn y yo nos miramos.

—Cruz —dijo Lynn.

El tío echó un vistazo a la moneda, se la metió rápidamente en el bolsillo y dijo:

—Lynn ha elegido cruz, y ha salido cara.

Yo dije:

—Yo quiero el lado que da a nuestro antiguo apartamento. Así veré dónde vivíamos.

De este modo, Lynnie se quedó con el lado bueno a la fuerza.

Mientras veía a papá y al tío meter cajas en nuestra nueva casa, Lynn estaba radiante. En realidad, para mí era la casa de Lynn. Sujeté a Sammy cuando apareció en el salón mirando encantado el desorden del cuarto. A Lynn también le encantaba el desorden.

Mi padre y mi tío habían pintado la semana anterior, así que por la noche podíamos oler la pintura desde la cama. Respiré hondo varias veces para no olvidar nunca lo divertido que era vivir en nuestra propia casa y dormir con mis hermanos en nuestro propio dormitorio recién pintado.

Oí que nuestra madre le decía a papá que esta casa era sólo "el primer paso" y que algún día tendríamos una casa "mejor" en un vecindario "mejor", pero yo no podía imaginarme una casa mejor que ésta. Había jardín por delante y por detrás, y, por la noche, los mapaches, las zarigüeyas y las mofetas paseaban por el jardín trasero como si estuvieran en su propia casa.

Mi hermana mejoraba día a día, y oí que mi madre le decía a mi padre que estaba convencida de que la mejoría se debía a la casa. Yo opinaba igual. Era como si la casa la estuviera curando, y eso hizo que aún me gustara más.

Pocos días después, Lynn, Sammy y yo planeamos ir de *picnic* para celebrar la mejoría de Lynn. No habíamos ido desde que ella conoció a Amber. A mis padres les preocupaba un poco que Lynn saliera de casa, pero estaban muy ilusionados por lo bien que se sentía. Daba la impresión de que nunca hubiera estado enferma.

El día del *picnic*, Lynn me despertó al amanecer.

—¡Papá nos ha dejado un dólar! —dijo.

Abrí los ojos. Papá nos había dicho que nos iba a dejar dinero para que compráramos lo que nos gustara.

—*Entonses*, ¿podremos comprar *donuts*? —dije.

—Quizá sí, quizá no.

—Espero que haya de los rellenos de mermelada.

—¡Y yo! —Lynn estaba ilusionada. Antes de conocer a Amber, le encantaban los *picnics*—. No sé, también me apetece algún polo.

Enrojecí de placer. ¡No me acordaba de los polos! Después de tanto tiempo de ahorrar para la casa, era estupendo volver a pensar en dulces.

Sam dijo:

—He mojado la cama.

Eso nos hizo bajar de las nubes. Cambié las sábanas mientras Lynn preparaba el desayuno. Nos hizo lo que nosotros llamábamos huevos morenos: huevos revueltos con *shoyu* (salsa de soja) y azúcar. Era mi desayuno favorito.

Después de desayunar, hicimos bolas de arroz para llevárnoslas. Hablamos, y decidimos gastar el dinero en refrescos y *donuts*.

Fuimos a la compra en bici (Sam iba en la mía). Era un precioso día de finales de verano. Cuanto más se acercaba el comienzo del curso, más valiosos se volvían los días.

Hacía mucho viento. Los pétalos caídos de las magnolias corrían por la carretera. Nos dirigimos al sur, hacia la mansión del señor Lyndon: blanca con columnas blancas. Nos gustaba ver su casa. Mi padre decía que era la casa de sus sueños. Hasta figuraba en un libro de la biblioteca sobre mansiones de Georgia anteriores a la Guerra Civil. Cuando Lynn y yo fuéramos ricas, le haríamos una oferta al señor Lyndon que no podría rechazar y compraríamos esa casa para mi padre. Sería una de las siete que les regalaríamos a papá y mamá. Años antes, habíamos hecho un par de meriendas en las enormes propiedades sin vallar del señor Lyndon. Sus propiedades eran una especie de atracción turística, y en un tiempo hasta organizó visitas guiadas.

Lynn voceó desde su bicicleta:

—¡El señor Lyndon ha heredado todo lo que tiene!

Yo ya lo sabía, por supuesto, porque los adultos lo comentaban a menudo. Supongo que para recordarse a sí mismos que él no se había abierto camino en la vida como ellos.

Nos detuvimos en el límite de uno de sus campos y dejamos las bicicletas sobre la hierba.

La hierba y los árboles se extendían delante de nosotros. Echamos a andar. Miré dubitativa a Lynn. ¿Se cansaba? No, estaba rebosante de energía. Daba la impresión de que llevábamos caminando un buen rato, pero su entusiasmo no flaqueaba. De vez en cuando también miraba a Sam, buscando signos de fatiga, pero sólo encontraba satisfacción. Otras veces Sam me miraba a mí, para saber si todo iba bien. Cada vez que lo hacía, le sonreía furtivamente. Guardábamos en secreto que yo era su preferida.

El campo es un lugar mágico. Podía imaginarme el pasado: vacas pastando, batallas de la Guerra Civil, dinosaurios... La alta hierba tendía al verde azulado y se mecía con el viento como debían mecerse las algas en el mar. Me encantaba ese precioso color verde azulado.

Al cabo de un rato, no hubo delante ni detrás de nosotros más que prados y arboledas. Lynn se detuvo.

—Este sitio es estupendo —anunció.

Extendimos la manta y nos tumbamos boca abajo con las cabezas cerca del borde, para mirar la hierba. Yo dije:

—¡Estamos en una balsa en mitad del océano!

Sam rebulló inquieto; Lynn me ignoró. Mientras mordía una bola de arroz, mi hermana dibujó un cuadrado imaginario.

—Vamos a ver cuantas cosas vemos por este cuadrado. Yo empiezo. Veo una hormiga.

—Yo hierba —dije.

—Eso iba a decirlo yo —protestó Sam y suspiró. Supuse que estaba harto de ser el pequeño y de perder siempre en los juegos, excepto cuando nos daba pena y le dejábamos ganar.

—Veo un trocito de cuarzo.

—Caca de caracol —dije.

—Mentirosa —dijo Lynn—. ¡Hay una oruga! ¡No la había visto!

Y así sucesivamente, cuadrado tras cuadrado, hasta que Lynn bostezó y supe que el juego llegaba a su fin. Sam se sentó algo más lejos con su provisión de bolas de arroz y *donuts*. ¡Qué día más maravilloso! Qué hora más buena para una siesta. Me eché boca arriba y cerré los ojos. El viento me hizo cosquillas en la cara. Soñé que era una sirena, la sirena más veloz del océano. Estaba en los Juegos Sirenolímpicos. Miles de peces-personas abarrotaban el Estadio Olímpico Submarino. Nos aclamaban, pero entre los vítores se escuchó un alarido. Tenía que nadar para ayudar a alguien. Un niñito…

Lynn surcaba la hierba hacia una arboleda. Sam gritaba sin parar:

—¡Guaaaaaaaa! ¡Guaaaaaaaa! —con una voz que al principio no reconocí. Pero incluso antes de reconocerla, me impulsó a ir tras ella. Deseé correr menos que Lynn para no llegar la primera, pero Lynn era una adolescente y sus piernas se habían vuelto largas y desmañadas. La adelanté y corrí hacia el lugar de donde venían los gritos.

Alguien había colocado un cepo en la hierba; de esos de metal que muerden al animal hasta que éste se ve forzado a roer su propia pata. Los dientes metálicos se hundían en la piel de Sam, dibujando un círculo rojo en su fino tobillo. Su cara estaba roja, como si alguien le apretara el cuello. Me miró con carita de súplica.

—Ayúdame —dijo. Por un instante pensé que su pie estaba cortado.

Me mareé y empecé a decir:

—No sé qué *haser*.

En cambio, me arrodillé para quitarle el cepo. No podía separar las mordazas. Hubiera deseado marcharme y dejarlo todo en manos de Lynn. Entonces se me ocurrió cómo abrirlo: empujando las lengüetas de los laterales. Empujé con todas mis fuerzas.

—¡Quita el pie; no puedo sujetar esto! —grité.

Sammy sacó el pie y yo solté el cepo, que se cerró de golpe. Mi hermano se miró la pierna y dejó escapar un gemido.

—Vamos a llevarte al médico —dije—. Él te coserá y te pondrá bien.

—¿Me coserá con una aguja? —gimió con más fuerza.

Lynn llegó, y me tranquilicé al saber que ella se haría cargo. Llevé a Sam a cuestas hacia la manta mientras Lynn me guiaba diciendo:

—Cuidado, esta parte es empinada.

O:

—Cuidado, lo mueves mucho.

Me parecía que no llegábamos nunca y, cuando lo conseguimos, estaba agotada. Decidimos usar la manta como camilla y nos dirigimos a casa. Lynn agarró el extremo de atrás. Me alegré de que ella fuera detrás, porque yo no quería ver el tobillo de mi hermano: me mareaba. Yo avanzaba de espaldas, pero con la cabeza vuelta para no tropezarme. Casi al instante oí jadear a Lynn.

Caminamos una eternidad y, después de caminar esa eternidad, no llegamos a ninguna parte. Lynn se paraba cada vez más para asir la manta, y ésta acabó escapándosele de las manos. Mi hermano gritó al chocar contra el suelo. Me volví a mirar, primero a él y su expresión conmocionada y luego a Lynn y su expresión de agotamiento.

—¿Puedes seguir? —pregunté.

—Sí.

Lynn aferró la manta y continuamos. Sólo habíamos avanzado unos pasos cuando la manta se le volvió a escapar. Sam ya no lloraba, ni siquiera gemía. Su cara seguía roja, pero parecía congelada, como paralizada.

Lynn y yo le examinamos. Su tobillo se había hinchado como un globo. Nosotras estábamos empapadas en sudor.

—Tengo frío —dijo Sam.

Lynn me miró.

—Vete a buscar ayuda. Yo me quedo con él —dijo.

Dudé. No me gustaba estar sola. Me encantaba tener dos hermanos. Ni siquiera me gustaba ir sola hasta el buzón, y eso que estaba a unos pasos de casa. Cuando mis padres me pedían que echara una carta, siempre me llevaba a Sam.

—Tienes que hacerlo —dijo Lynn. Se sentó junto a Sam y le acarició la cara. Su propio rostro empezaba a tomar un tinte verdoso, y jadeaba, pero no sólo de fatiga. Daba la impresión de que no podía respirar.

—Pues procura abrigarlo bien.

Lynn asintió con la cabeza. Sam me miró fijamente.

—Ayúdame —repitió.

Corrí por el campo, esperando no perderme. Pero al poco no supe a dónde ir. Creía recordar que al principio nos habíamos dirigido al norte, hasta que encontramos el sitio para el *picnic*, y después al oeste. Eso quería decir que ahora debía dirigirme al este y a continuación al sur. Pero el este no me parecía la dirección correcta. Miré alrededor e intenté recordar dónde estaba el sol la primera vez que entramos en el campo. Recordé que estaba delante de nosotros: este. Entonces, ¿habíamos ido primero hacia el este y luego hacia el sur? Miré el sol, para ver dónde iniciaba su descenso desde el cénit. Entonces caí en la cuenta de que me daba igual. Me limité a *correr*.

No llegué a nuestro punto de partida, sino a un vecindario desconocido que sin embargo me resultó familiar, porque se parecía mucho al tipo de vecindario que le gustaba a mi madre. Las casas eran "mejores", aunque no demasiado.

Casi todas eran iguales. Iguales estructuras de madera pintadas de blanco, aunque algunas lo estaban de rosa, azul o amarillo; iguales caminos de acceso de grava; y la misma mansión del hombre rico en la lejanía. Sin embargo, desde allí se veía la parte trasera de la mansión. Antes, la habíamos visto de frente. Supuse que eso significaba que al principio nos habíamos dirigido al oeste. O... no sabía. Nunca me había orientado bien. Corrí hacia una casa, a la que más se parecía a la que mi madre hubiera comprado de haber podido. Llamé a la puerta con tal fuerza que me asustó el ruido. Había girasoles estampados en los visillos y un girasol de plástico clavado en el césped. Una joven blanca abrió la puerta y demostró su sorpresa:

—¡Dios mío! —dijo.

—¡Mi hermano! ¡Un *asidente*! Metió el pie en una trampa —rompí a llorar.

—¡Dios mío! —repitió. Pensó un instante—. Creo que Hank Garvin está en casa —miró hacia adentro—. ¡Casey, quédate aquí! ¿Me has oído?

La seguí hasta una casa cercana, pero no llamó, sino que metió la cabeza por una ventana abierta y voceó:

—Hank Garvin, ¿estás en casa?

Al instante dos hombres entraron al salón al que la mujer y yo nos habíamos asomado. Uno de ellos la miró con expresión obscena mientras el otro se acercaba. Ella habló con el que se había adelantado, después de lanzarle al otro una mirada de desprecio.

—El hermano de esta niña ha metido el pie en una trampa —se volvió hacia mí—. ¿Ha sido en las tierras del señor Lyndon? —yo señalé y ella asintió—. Estupendo, señor Lyndon. ¡Será hijo de perra! Le odio a él y a su mujer.

—Llévame allí —dijo Hank. Abrió la puerta y se dirigió a gran velocidad hacia un camión. Se detuvo una vez para ver si le seguía—. Vamos.

Cuando subimos, el otro hombre salía al porche. Le oímos decir:

—Ginger, encanto, ¿dónde vas así de guapa? —pero estábamos fuera de alcance, y no pude escuchar la respuesta.

Me volví a mirar a Hank y olvidé momentáneamente por qué estaba allí. No se parecía a Joe-John Abondondalarama, pero era igual de guapo. Me sonrió.

—No te preocupes. Yo también pisé una trampa cuando era pequeño. ¿Cuántos años tiene tu hermano?

—*Sinco* —entonces recordé que aún tenía cuatro. Me ruboricé.

—Esa edad tenía yo, y después participé en carreras de atletismo en el instituto —volvió a sonreír—. No era muy bueno, pero estaba en el equipo.

Miré por la ventanilla y dije tímidamente:

—¿En serio?

—Me has pillado —dijo—. Estuve en el equipo de la universidad. ¡Agárrate!

El camión chirrió y dimos un giro brusco. Llegamos al lindero del campo que había atravesado, subimos el bordillo y entramos en la hierba. Boté sobre el asiento y me golpeé con el techo de la cabina. Mis dientes chocaron cuando caí. Por un instante pensé que había cometido un grave error al fiarme de ese loco del volante que era Hank Garvin, pero él estaba tan tranquilo que me calmó.

Dije:

—¡Creo que hay que girar a la *isquierda*!

—¿Seguro?

—¡Sí!

—¡Agárrate!

Giró bruscamente a la izquierda mientras yo me agarraba. Nunca había estado así de sola con un adulto blanco, pero no sentía el menor miedo. Estaba emocionada y sin aliento. Él brincaba sobre el asiento como si condujera por campos parecidos todos los días.

—¿Trabaja tu padre en el criadero?

—Sí. Y mi madre en la planta grande.

—¿En serio? Mi mujer intenta sindicar la planta.

En los últimos tiempos, mis padres hablaban a veces en voz baja sobre esos intentos, y mi madre decía que ya no se podía confiar en nadie. Y Silly me había dicho que uno de los empleados prosindicalistas había recibido una paliza por la noche. Sentí miedo. ¿Y si Hank Garvin era un matón camuflado? Ni siquiera sabía muy bien qué era un matón, y eso aún me atemorizaba más. Cualquiera podía serlo. En cualquier parte podía haber uno.

Hank pareció percibir mi miedo. Sujetó el volante con las rodillas y hurgó en sus bolsillos. Sacó una barrita de chicle y me la tiró. Volvió a agarrar el volante con las manos. Pensaba guardar el chicle durante el resto de mi vida. Él sonrió. Era increíblemente guapo.

—No he tenido un solo accidente en treinta años.

¡Treinta años! ¡Era demasiado viejo para mí! Me metí un poco de chicle en la boca.

—¡Hay que girar a la derecha! —dije—. Creo.

—¿Cómo te llamas?

—¡Katie!

—¡Agárrate, Katie! —viró a la derecha.

Me agarré fuerte, y entonces vi a mis hermanos.

CAPÍTULO 11

Lynn e incluso Sam se sorprendieron un poco al ver a Hank Garvin: era tan guapo… Parecía salido de un cómic. Me sentí bastante importante, porque de algún modo yo lo había descubierto. Alzó en sus brazos a Sam y fue rápidamente hacia el camión.

—¡Chicas, a la parte de atrás!

Oí aullidos de perros a lo lejos, y recordé que había oído que el señor Lyndon tenía unos perros muy fieros. Lynn y yo subimos. Justo antes de arrancar, Hank asomó la cabeza por la ventanilla y dijo:

—¡Hay que agarrarse fuerte!

Nos ayudamos de unas tiras de cuero que estaban atadas al interior de la caja del camión. Miré la cabina. Sam estaba medio tumbado sobre el asiento con los ojos como platos. Su mirada se cruzó con la mía. Le sonreí ligeramente y apoyé la mano sobre el cristal. Él me sonrió más ligeramente aún y alzó su mano hacia la mía. Volvimos a brincar sobre el campo.

Esta vez fuimos a toda velocidad en otra dirección. Alcanzamos la calle en muy poco tiempo. Hank conducía muy bien pero muy rápido. Miré hacia atrás y vi nuestras bicicletas sobre la hierba.

Era raro ir a toda velocidad por las calles de aquel vecindario extraño, en un camión extraño, con mi hermano herido y mi hermana enferma. Pensé en todas esas historias que tenía que leer en el colegio y en las preguntas que formulaban siempre los profesores. ¿Cuál es el tema? ¿Qué significado tiene el relato? ¿Por qué actúan los personajes de cierta manera? Pasamos como una flecha al lado de las bonitas casas. Me pareció estar dentro de una historia. Era la historia de mi vida, y no le encontraba ningún sentido. A pesar de lo terrible que había sido aquel día, descubrí que estaba eufórica por la velocidad, por la sensación de aventura y, sobre todo, por el hecho de que yo, por mi cuenta, había descubierto a ese hombre, a Hank Garvin, que iba a salvar a mi hermano. Era asombroso.

Nos detuvimos en el hospital donde había nacido mi hermano. Hank nos ignoró a mi hermana y a mí, alzó en brazos a Sam y entró en el hospital mientras Lynn y yo bajábamos del camión. Corrimos tras él.

Cuando entramos, se llevaban a Sam en una camilla. Hank estaba mirándolo. Nos quedamos a su lado, y él nos sonrió.

—Se pondrá bien —dijo.

Lynn me dio un abrazo.

El hospital llamó a nuestros padres. Hank se sentó con nosotras en la sala de espera. Miró su reloj una vez y nos dejó un momento para llamar por teléfono. Cuando volvió, trajo un libro para colorear y unos lápices de colores para mí. Yo era un poco mayor para eso, pero le di las gracias y fingí que me concentraba en el libro. Cada dos por tres le miraba de reojo. Los blancos no habían sido realmente malos conmigo, pero pocas veces se mostraban amables. Y allí estaba Hank, comportándose como si fuéramos las personas más importantes del mundo. Decidí que, además de guapo, millonario y experto en karate, mi futuro esposo Joe-John Abondondalarama ayudaría a los necesitados, como hacía Hank. Quizá ni siquiera necesitase ser millonario.

Hank no se marchó ni cuando llegaron mis padres; esperó hasta que le dieron el alta a Sam. Fuimos todos a buscarlo a su habitación. El médico nos dijo que por fortuna el cepo no le había roto ningún hueso. A mi padre se le crispó el rostro de dolor cuando vio la pierna vendada de mi hermano, y mi madre no dejaba de preguntarle al médico qué podía hacer mientras él no dejaba de repetirle:

—Está todo controlado.

Llevamos a Sam al vestíbulo, donde mis padres le dieron las gracias a Hank efusivamente. Descubrí que me avergonzaban el olor que emanaba de mi madre. En la habitación de Sam, el médico había olfateado una vez el aire y había mirado a su alrededor en busca de la fuente del olor. Lo que estaba oliendo era la compresa que mi madre no había tenido tiempo de cambiarse. Pero si Hank lo notó, no lo dejó traslucir. Ni olisqueó el aire ni nada parecido. Le enseñó a Sam el truco para hacer que desapareciera una moneda y después se marchó.

Sam y Lynn fueron en el coche de mi padre, y yo en el de mi madre. Sabía que me regañarían por lo que había pasado. Me daba miedo mencionar las bicicletas, aún tiradas en la hierba. A Lynn no le dirían nada porque estaba enferma, y a Sam tampoco porque estaba herido, pero yo me dispuse a escuchar mi castigo. Sin embargo, mi madre no dijo nada. Tenía un aspecto espantoso. El coche olía fatal, pero no abrí la ventanilla para no ofenderla.

En casa, mamá nos dio a papá y a mí sardinas con arroz. Aunque Lynn no se encontraba bien, Sam se quedó con ella en el dormitorio. Los dos se habían ido a dormir. Yo estaba harta de sardinas con arroz, así que me limité a picotear la comida. Mi padre guardaba silencio, pero no con la quietud habitual a la que nos tenía acostumbrados, sino con un silencio sombrío, tenso y cargado de ira que nunca le había visto.

—Mañana te espera un día muy largo —le dijo mi madre.

Todos los días de mi padre eran largos. Trabajaba siete días a la semana, todas las semanas. No se había tomado unas vacaciones desde que llegamos a Georgia. Mi padre pareció recordar el largo día que le esperaba y su ira tenebrosa perdió intensidad. Mi madre me miró.

—Limpia esto y vete a la cama. Mañana quiero ver el dinero que tienes ahorrado. Y el de tu hermana también.

Hay que comprarle algo a esa tal Ginger y sobre todo a Hank Garvin.

—¡Pero no hemos ahorrado casi nada!

La cara de mi madre se ensombreció, y mi padre intervino:

—Les compraremos algo bonito.

—¿Papá? —dije—. Nuestras *bisicletas* están en el campo. Lo siento.

Hubo una larga pausa. Me di cuenta de que mi padre estaba exhausto.

—Iré a buscarlas —dijo al fin.

Permanecí despierta largo rato en la cama. Quería oírle llegar. Cuando volvió, mi madre se reunió con él en la puerta.

—Ya no estaban —dijo papá con voz cansada.

—Pues no podemos comprar otras.

Sus voces se alejaron. Más tarde oí que hablaban en la cocina un buen rato, y supuse que estaban hablando de nosotros, los niños, porque de nosotros podían hablar interminablemente sin llegar a aburrirse. A veces me parecía que, de un modo u otro y dijera lo que dijera, mi padre siempre estaba hablando de nosotros. Hablando de todo lo que podía hacer por nosotros y, con mayor frecuencia, de todo lo que no podía hacer.

CAPÍTULO 12

Lynn no volvió al colegio en otoño. Mis padres me dijeron que era por su anemia, pero cuando busqué "anemia" en nuestro nuevo diccionario, encontré: *Enfermedad en la que el nivel de hemoglobina en sangre está por debajo de los límites normales establecidos y la producción de glóbulos rojos disminuye, lo que suele originar palidez y cansancio.* La palidez y el cansancio no eran tan graves como para no ir al colegio.

Después Lynn fue hospitalizada en un pueblo cercano, más grande, durante parte del mes de octubre. Algunos días, cuando mi madre pasaba el día y la noche en el hospital, mi padre nos llevaba a Sammy y a mí al criadero. Pasamos allí días enteros, sin ir al colegio y sin bañarnos. Durante el día mirábamos la televisión que había en una sala o leíamos nuestros libros. Por la noche nos acostábamos en el dormitorio de los trabajadores. Mis padres nos podían haber dejado en casa de nuestros tíos, pero no lo hicieron. Daba la sensación de que mi padre prefería tenernos a su lado, donde sabía que estábamos seguros.

El criadero era un gran edificio de hormigón sin ventanas, construido en mitad de un precioso campo. Al contrario que en la planta, allí podíamos ir y venir a nuestro antojo. Sólo debíamos limpiarnos las suelas de los zapatos en agua jabonosa cada vez que entrábamos.

A mí me encantaba ver los pollitos. Los trabajadores nos dejaban entrar en la sala donde se separaba los polluelos machos de los polluelos hembras, y podíamos tocar los pollitos machos, porque no le importaban a nadie. Todos eran distintos: flacos, gordos, completamente amarillos, amarillos y marrones, grandes y pequeños.

En los descansos nos sentábamos fuera, con los sexadores. La mayoría fumaba, y tenían aspecto de estar siempre cansados. También mi padre, que estaba cansado hasta para Sammy y para mí. En un descanso nos sentamos al lado de un joven sexador que lanzaba anillos de humo. Encendía un cigarrillo tras otro. Nos miró a los dos.

—Seguro que a estos niños les gustaría hacer algo útil

—¿Qué quiere *desir*? —pregunté.

—Billy tiene un crío que viene para darle café y traerle refrescos. ¿Alguno de los dos sabe quién es Billy?

—No.

—Es el mejor sexador de Georgia. Ganó la competición nacional de Japón antes de venir a Estados Unidos. Puede sexar mil doscientos polluelos por hora con un cien por ciento de precisión.

Supuse que era realmente bueno. Otro de los sexadores dijo:

—Billy Morita —y meneó la cabeza admirativamente.

—¿Cuántos haces tú por hora?

—Un millar; noventa y nueve por ciento de precisión.

Un tercero dijo:

—Vamos, ya te digo, pueden encendernos los cigarrillos y traernos café.

Miré a mi padre para ver qué opinaba, pero él estaba mirando al vacío, en otro mundo.

—Okey —dije.

Por consiguiente, cuando empezaron a trabajar de nuevo, Sammy y yo nos afanamos en llevarles café, rascarles la espalda, encenderles cigarrillos en la sala de descanso y demás. Nuestro padre vio que nos divertíamos. Incluso me pareció que sonreía por debajo de la mascarilla (los trabajadores se ponían mascarillas quirúrgicas para no inhalar el polvillo de los polluelos). Él era el único que no nos pedía nada, pero le llevábamos cosas de todas formas. Le llevábamos café caliente y recién hecho, y cuando alguien compraba *donuts* le guardábamos uno relleno, porque sabíamos que eran sus preferidos.

Había varios criaderos, e incubadoras donde los huevos recibían calor hasta que los polluelos nacían. Cuando abrían las incubadoras, podíamos ver los cientos de miles de huevos blancos y sentir la calidez del aire (la temperatura debía mantenerse alrededor de treinta y siete grados). Otro día vimos los criaderos y los cientos de miles de pollitos amarillos. Tan pronto como nacían, los sexadores se apresuraban a separar los machos de las hembras. Trabajaban doce horas seguidas, y dormían mientras una nueva tanda de huevos se calentaba. Se levantaban pocas horas después, al nacer la siguiente hornada.

Cobraban medio penique por polluelo. La mayoría había aprendido el oficio en Chicago o en Japón. La separación por sexos de los polluelos fue inventada en Japón, y más adelante un japonés abrió una escuela en Chicago para estadounidenses de origen japonés. Allí aprendió mi padre, antes de que mi madre y él abrieran la tienda. Papá estuvo empleado en un criadero, pero el trabajo era estacional, y cuando yo nací tuvo que dejarlo porque ganaba poco.

Las inoculadoras, todas mujeres blancas, tenían la misión de inyectar medicamentos a los polluelos hembras para evitar que enfermaran y murieran. Ángeles era como la jefa. Era una mujer grande y fornida con vendajes en los tobillos porque, según decía, al estar todo el día de pie, le dolían las piernas.

El primer día que fuimos al criadero, Sammy y yo miramos con timidez cómo trabajaba, y no pude evitar hacerle una pregunta:

—¿No les hace daño la aguja?

—¿Perdón?

—¿No les duele a los pollitos cuando usted les clava la aguja?

—Cielo, ¿tengo pinta de hablar con los pollitos? —no supe qué contestarle. Ella se ablandó—. No creo que les duela, a menos que les rompas el pescuezo sin querer. A veces pasa.

Miré dentro de un cubo de basura y vi dos pollitos flácidos. Sammy intentó mirar también, pero no le dejé. No podía hacer nada por los pollitos, pero al menos podía evitar que Sammy los viera.

Lo llevé a la sala de descanso. Incluso allí se oía el barullo de cientos de miles de gorjeos. Vimos la televisión hasta que me dolieron los ojos. Después le puse a mi hermano su pijama de soldado, y yo me puse el de cuello de encaje que me había hecho mi madre.

Cuando los sexadores llegaron, casi todos nos miraron sonrientes, como nos sonreía Lynn cuando pensaba que éramos deliciosamente pequeños e inmaduros. Un sexador anciano de cara gris me dijo:

—Buenas noches, señorita Puntilla —y se rió como si se considerara el tipo más gracioso del mundo. Yo sonreí educadamente. Los adultos no se cambiaban la ropa y, por lo general, no se daban las buenas noches. Quizá debido al cansancio. Se limitaban a meterse en sus sacos y, al instante, se quedaban dormidos.

Mi padre sólo durmió cuatro horas. Cuando vi que se preparaba para volver al trabajo, le dije:

—¿Por qué te levantas tan pronto?

—Porque los polluelos ya estarán listos.

Intenté dormirme de nuevo. Había tormenta. El director del criadero les había dicho a los sexadores que también había amenaza de tornado. Me gustaba estar en una habitación caliente, cualquier habitación caliente, cuando había tormenta. Deseé que Lynn estuviera con nosotros. Quizá no me hubiera gustado tanto la tormenta desde la habitación de un hospital, aunque mi madre estuviera a mi lado. Cuando empezaba a dormirme, oí gritos procedentes del criadero. Me levanté y busqué el interruptor de la luz, pero no lo encontraba por ninguna parte. Ni siquiera veía la línea de luz que se filtraba bajo la puerta. Tanteando, llegué a la puerta y la abrí. La oscuridad del pasillo era total, pero se oían gritos.

—¡Busca una linterna! —gritó un hombre.

—¿Qué pasa con las luces de emergencia? —gritó otro.

Alguien encendió una linterna, y yo seguí la luz hasta la sala de incubación. La mueca del director del criadero era de desesperación pura. Atisbé a mi padre y me acerqué. Tanto él como los demás sexadores se habían quitado las mascarillas. La habitación estaba a oscuras. Mi padre me abrazó.

—¿Qué ha pasado? —pregunté.

—Se ha ido la luz, y el generador de emergencia no funciona. Si las incubadoras se enfrían, se perderá parte de la hornada.

—¿Quieres *desir* que los pollitos se morirán?

—O saldrán deformes.

—¿Llamo al señor Lyndon? —gritó un hombre.

Todos guardaron silencio.

Por último, el director dijo en tono grave:

—Todavía no.

—¿Cómo vamos a conseguir que alguien arregle el generador a estas horas?

Otro silencio.

El director se acercó a un teléfono, y le oímos hablar suavemente. Al poco lo único que decía era:

—Sí, señor —una y otra vez.

Nos sentamos todos en la sala de incubación para que nuestro calor mantuviera la temperatura. No mucho después oímos una sirena, y un sheriff entró con el técnico que iba a arreglar el generador.

—Se ha ido la luz en todo el condado —dijo el sheriff.

Mi padre me mandó a la cama. Me tumbé junto a Sammy en la más absoluta oscuridad. El señor Lyndon debía ser muy poderoso: había conseguido un técnico para arreglar el generador en plena noche y un sheriff para escoltarlo hasta el criadero. En eso pensaba cuando me dormí.

Por la mañana no había tormenta. Me quedé en la cama hasta que Sammy se despertó. Tardó varias horas. Estuve pensando en todo lo habido y por haber, en todo lo que había vivido. Nunca había estado tanto tiempo sin moverme. Pensé en la señora china de Iowa que se sacaba la dentadura superior, en el viaje a Georgia, en un chico del colegio que era bastante mono. En la enfermedad de Lynn. Y me pregunté el porqué de todo. ¿Por qué no tenía dientes la señora china? Quizá porque se los cepillaba poco. ¿Por qué tuvimos que venir a Georgia? Porque mi padre necesitaba trabajar en el criadero para mantenernos.

¿Por qué me gustaba ese chico? Porque era mono. Y ¿por qué estaba Lynnie enferma? Para eso no tenía respuesta.

Ese mismo día robé un par de pollitos machos y los dejé en el campo.

—¡Libres!

Sammy yo caminamos hasta un bosquecillo de nogales y recogimos algunas nueces del suelo. Sammy tenía unos dientes bastante estrambóticos, duros como rocas, muy útiles para abrir las cáscaras. Al llegar a Georgia y ver las mansiones, los árboles frutales y los nogales, pensé que todo iba a ser tan bonito como aquel nogueral. Pensé que habría mansiones y huertos por todas partes, y que frutas y nueces rodarían por las calles cada vez que el viento agitara los árboles. Pensé que quizá al principio Lynn no le gustaría a la gente, pero que, cuando llegaran a conocerla, sería la chica más popular de su clase y, algún día, la reina de la fiesta de graduación del instituto. Y seguía pensando que alguna vez lo conseguiría.

En la noche de Halloween, mis padres nos llevaron a Sammy y a mí a ver a Lynn al hospital. Yo iba disfrazada de hada madrina. Arranqué purpurina de mi vestido, la tiré sobre Lynnie y dije:

—¡*Kira-kira!*

Lynn estaba delgada, pálida y ojerosa. La purpurina le cayó encima como una llovizna centelleante, y la hizo sonreír.

Mis padres también sonrieron, pero débilmente. Estaban cansados. Para pagar el hospital y la hipoteca, mi padre trabajaba casi sin parar. Y cuando estaba en casa, sólo pensaba en Lynn. Nuestras vidas giraban alrededor de lo que Lynn quería, de lo que a Lynn le convenía y de todo lo que podíamos hacer por Lynn.

Volvió a casa la primera semana de noviembre, un sábado lluvioso. Habíamos decorado su habitación y colocado una cinta que decía: BIENVENIDA A CASA. Compramos la cinta en una tienda; tenía el color del espumillón de Navidad. En la tienda parecía preciosa, pero con Lynn en la cama, tan pálida y enferma, estaba totalmente fuera de lugar. Mi padre la quitó sin hacer ruido.

Pronto establecimos un ritual. Cada noche, una vez que mi madre lavaba a Lynn, nos sentábamos en el dormitorio y yo le leía la enciclopedia que mi padre le había regalado en septiembre por su cumpleaños. Estaba usada y no era la *Encyclopaedia Britannica* (no podíamos permitírnosla), pero a Lynn le encantaba. Como de costumbre, estaba obsesionada con el océano, con el de California en especial. Yo le leía todo lo relacionado con el tema. Le gustaba saber de cualquier cosa, desde el más diminuto y pacífico de los peces hasta el más feroz de los tiburones. Todo le fascinaba. Y a mí también. Algunas noches, después de leer, Lynn les decía a mis padres que se fueran, y las dos hablábamos de nuestras futuras casas cerca del mar. Tendrían ventanales panorámicos y un jardín lleno de palmeras. Después me iba al salón y dormía en mi camita arrimada al sofá.

A veces hacía novillos para quedarme con Lynn. Escribía notas falsas para la profesora o, si ella me preguntaba directamente, le decía que había tenido fiebre. En casa le leía a Lynn la enciclopedia, le cepillaba el pelo o le pintaba las uñas. Un día la vi muy triste; me dijo que le gustaría tener un esmalte de uñas rosa con purpurina. Yo no tenía dinero, pero fui a la tienda de baratillo. Pensaba robar un esmalte de uñas para ella. Era la primera vez que robaba algo en una tienda, pero no debía de ser tan difícil.

En la tienda no había nadie, y tras el mostrador sólo estaba la cajera, leyendo una revista.

Primero miré en el pasillo de vendas y antisépticos. Después, dos pasillos más abajo, fingí estar muy interesada en las zapatillas de tenis. Por último me acerqué a los esmaltes de uñas. El pasillo estaba vacío. ¡Era sencillísimo! Me metí un bonito esmalte rosa en el bolsillo y me dirigí con calma a la salida. Al pasar por la puerta sonreí. Había llovido y un arco iris se extendía por el cielo. ¡Era precioso! De repente, sentí que una mano me agarraba por el antebrazo. Ni siquiera me volví a mirar; me libré del agarrón y corrí y corrí. Pensé que alguien me perseguiría, pero no ocurrió. Ni una sola vez miré atrás.

En casa pinté las uñas de Lynn de rosa brillante. Ella pareció tan complacida que yo no me arrepentí de lo que había hecho. Pero aquella noche antes de acostarme, me asomé a la ventana del salón y miré la calle a izquierda y derecha, buscando al sheriff. La calle estaba desierta, así que dormí plácidamente.

Por la mañana, antes de ir al colegio, entré en el dormitorio de Lynn. Estaba profundamente dormida, con los brazos destapados. Sus uñas estaban preciosas, y sonreía levemente.

No me gustaba despertarla, pero tenía que darle su medicación. Quizá, cuando se sintiera mejor, sólo habría que dársela de vez en cuando. Por una parte sentía tener que entristecerla: algunas de las píldoras parecían ponerla peor de lo que estaba. A veces la veía muy triste, lloraba mucho. En cierto modo tenía que endurecerme contra su llanto. Tienes que armarte de valor para muchas cosas cuando alguien de tu familia está muy enfermo. Iba a hacer todo lo posible para que mejorara, por muy triste que se pusiera. La desperté.

—¡Es la hora de tus pastillas!

—¿Tengo que tomarlas?

—Sí.

Gruñó suavemente mientras la incorporaba. Nunca le había preguntado por qué protestaba, nunca le había preguntado qué le dolía. Ni siquiera sabía qué le hacía daño y qué, si es que había algo, le sentaba bien. Todo lo que sabía era que mis padres estaban trabajando y que era asunto mío darle las pastillas.

Esperé hasta que tragó el agua, y la dejé con suavidad sobre la cama. Tenía que preparar a Sammy para el colegio y llamar a la señora Kanagawa, que se quedaba con Lynnie durante el día. Cuando me iba, Lynn volvió un poco la cabeza para admirar sus uñas. Estuve de buen humor todo el día y hasta contesté las preguntas en clase de historia.

Cuando volví a casa, mi madre ya había vuelto. Era raro. Estaba hablando con una mujer blanca que me resultó desconocida. Tan pronto como crucé el umbral, la mujer dijo:

—Ésa es.

Mi madre hizo una pequeña reverencia a la mujer y dijo:

—Lo lamento mucho —hurgó en su cartera—. Permítame que se lo pague.

Dio un dólar a la mujer.

—¿La castigarán?

—Por supuesto que sí.

La mujer asintió con la cabeza. Se dirigió a la puerta sin quitarme ojo y, antes de marcharse, dijo:

—¡Debería darte vergüenza!

En cuanto la mujer salió, mi madre rompió a llorar.

—Mi familia se está desmoronando —gritó, y salió corriendo de la habitación.

Me sentí culpable; fui inmediatamente a mi escritorio y empecé a hacer los deberes. Cuando la madre o el tío de Silly podían traerla en coche, ella se quedaba un par de horas para ayudarme a hacerlos. Al igual que mi hermana, Silly era una estudiante de A en todo. Ese semestre yo iba peor en el colegio, y hablaban de hacerme repetir curso si no espabilaba.

Esa noche tenía que escribir un informe sobre un libro titulado *La llamada de la selva*. Era el mejor libro que había leído en mi vida, por eso pensé que me sería fácil hacer la reseña. Debíamos responder a la pregunta: ¿Cuál es el tema de *La llamada de la selva*? ¿Cuál *era* el tema? Todavía no tenía claro qué era eso de "el tema". Escribí que el tema era que los perros son leales a la gente buena. *Lo que es más* —escribí—, *los perros son buenas mascotas debido a su lealtad. La lealtad es el tema. Es un tema bonito. ¿Qué más?*

En Alaska necesitas un perro para que tire de tu trineo. Esto prueba que los perros y el hombre están hechos para ser amigos. Éste es otro tema de La llamada de la selva.

Después fui paseando con Sam hasta nuestro antiguo apartamento para ver la televisión con la señora Muramoto. A la hora de acostarnos volvimos a casa. Cuando entramos, mi madre nos estaba esperando.

—Tu padre está en la cocina. Quiere hablar contigo.

Era muy mala señal. Él nunca me había dado una charla. Lynn, por su puesto, me daba charlas importantes, y mi madre me había dado una ese año sobre lo que pasaría cuando me llegara la menstruación. Y la subdirectora me había dado una hacía poco para decirme que si vas por mal camino en el colegio, sigues por él y acabas teniendo un trabajo horrible o casándote con alguien que tiene un trabajo horrible.

Me senté a la mesa de la cocina. Mi padre, que leía el periódico, me ignoró un rato. Examiné una muesca de nuestra mesa de formica amarilla. Las sillas .eran verdes. Un vecino nos había dado la mesa; nuestro tío, las sillas. En nuestra casa, nada hacía juego.

Mi padre dejó el periódico y me miró.

—Lynn tiene anemia —dijo—, pero también tiene un linfoma, y es muy grave —pareció pensar profundamente—. Quiero que mañana vayas a la tienda y pidas disculpas por haber robado ese esmalte de uñas.

—Okey.

—Sé que eres una buena chica —dijo—. Siempre lo he sabido. Pero a veces me gustaría que me lo demostraras, sólo para recordarlo. ¿Crees que serás capaz de recordármelo más a menudo?

—Sí. ¿Qué es un linfoma?

—Es una enfermedad muy grave, pero tu hermana se va a poner mejor. Ahora que tenemos la casa, es más feliz.

Fui al dormitorio. Lynn estaba durmiendo, como siempre. Busqué "linfoma" en el diccionario. Ni siquiera estaba segura de cómo se escribía, pero después de varios intentos, encontré: *Uno de los tumores malignos que se presentan en los nódulos linfáticos u otros tejidos linfoides*. Entonces busqué "maligno". Decía: *Que amenaza la vida; virulento: enfermedad maligna. Que tiende a metastatizarse; canceroso*.

Y así fue como descubrí que Lynn se podía morir.

Me volví a mirarla. Cuando estaba dormida me recordaba un montón a la que había sido cuando estaba bien. Yo seguía pensando que era guapa y que su pelo era bonito. Pero no podía ignorar que su pelo y su piel no eran tan bonitos como antes, y parecía más delgada.

El gerente de la tienda de baratillo era un hombre calvo y bajito que gesticulaba mucho con las manos. Después de pedirle disculpas, él me dio una conferencia sobre la oveja negra de su familia. Acabé siendo la chica de Georgia más puesta en el tema.

La oveja negra de la familia del gerente se llamaba Óscar, y había entrado y salido de un reformatorio en la adolescencia y entrado y salido de la cárcel en la edad adulta. El gerente me enseñó una foto del archivo policial de Óscar. Dijo que Óscar había empezado su carrera delictiva cuando tenía mi edad, robando cosas pequeñas en las tiendas, por divertirse. La charla me sorprendió. Yo dudaba que tuviera que ir alguna vez a la cárcel, por tanto aquella parte no me asustó. Pero me pregunté si llegaría a ser la oveja negra de mi familia. La verdad era que no teníamos ninguna, así que el puesto estaba libre.

Evidentemente, no le conté nada a Lynn sobre el robo del esmalte. Aquella noche me levanté de madrugada y me llevé mi manta a su habitación para dormir en el suelo junto a su cama. Mi madre seguía diciendo que Sam y yo debíamos dormir en el salón para no molestar a nuestra hermana. Yo pensaba que no la molestábamos, pero cuando mi madre entró poco después para ver cómo estaba Lynn, me hizo volver a mi cama. Miré la parpadeante luz del motel en la pared del salón. Cuando mi madre se fue a su cuarto, volví a la habitación de mi hermana. Decidí quedarme allí todas las noches hasta que... bueno, hasta que se pusiera mejor.

De hecho, algunos días mejoraba. No es que se sintiera bien, pero se levantaba y cenaba con nosotros. En esos días todos competíamos por atenderla. Si teníamos la más leve sospecha de que podía querer agua o leche o judías verdes o lo que fuera, corríamos a la cocina para traérselo.

Cuando se encontraba un poco peor, mi madre y yo la poníamos sobre una sábana y la llevábamos fuera, donde le encantaba estar tumbada sobre su propia hierba, en su propio jardín, y mirar al cielo, de día o de noche, daba igual. Pertenecía al cielo, y el cielo le pertenecía a ella. Un día, mientras miraba aquel esplendor azul, me di cuenta de que tenía la mirada vidriosa. Daba la impresión de que ese día el cielo no significaba nada para ella. El día siguiente pasó lo mismo.

Capítulo 13

A causa de los gastos médicos de Lynn, mis padres se retrasaron en el pago de la hipoteca. No hacían más que trabajar. Mi madre venía a casa sólo para dormir, y mi padre ni siquiera venía. La tía Fumi o la señora Kanagawa se quedaban con Lynn cuando yo iba al colegio. Mis padres estaban tan exhaustos que a veces ni se enteraban de los arreglos que hacíamos. Algunos días *nadie* se quedaba con nosotros.

Lynn pasaba la mayor parte del tiempo durmiendo, pero cuando estaba despierta necesitaba atención continua. Pedía la cuña o comida o agua o, simplemente, un poco de compañía. Pero otras veces no sabía lo que quería. De hecho, le pasaba al menos una vez al día, y eso era lo más agotador. Quería que le leyera, y entonces no le gustaba el libro y quería que le leyera otra cosa, y entonces no le gustaba la otra cosa y quería que le cantara, pero eso no le gustaba tampoco. A mi profesora le llamaron la atención mis ojeras. Un par de mañanas, tuve que hacerme café.

Sammy y yo dormíamos por fin en su habitación, porque alguien debía estar con ella todo el rato. Una vez, Lynn me despertó en plena noche, como acostumbraba a hacer.

—¿Katie? —dijo.

Hacía tiempo que yo no dormía profundamente: tan pronto como Lynn decía mi nombre me ponía en pie, estuviera lo cansada que estuviese. Pero esa noche estaba exhausta. Me incorporé a duras penas.

—¿Katie? —repitió impaciente.

—¿Sí? —me senté—. Okey, vale.

—Quiero un poco de leche.

—¿Ahora? ¿Seguro?

—¿Cómo que si seguro? Quiero leche.

Me levanté, fui a la cocina y volví con un vaso de leche. Incorporé a mi hermana y le apoyé la espalda en un cojín. Ella tomó un sorbo de leche y puso cara de asco.

—¿Podría tomar agua?

—¡Habías dicho que estabas segura!

Parecía a punto de echarse a llorar.

—¡He dicho que tenía sed!

Tiró el vaso al suelo. Yo me quedé parada un momento, viendo cómo la alfombra absorbía la leche.

Y de repente, me enfadé.

—Papá te compró esa alfombra, ya lo sabes.

—¡Quiero agua!

Fui a la cocina y volví con agua, una bayeta húmeda y una toalla. Le di el agua sin hacer comentarios. Sammy me miraba con los ojos como platos. Limpié la alfombra.

Lynn gritó:

—¡Este vaso tiene jabón! —y lo estampó contra el suelo.

Miré el vaso un momento. Después me di la vuelta como una centella.

—¡Estás estropeándolo todo! —dije—. ¡Tenemos una casa nueva y tú lo estás estropeando todo! ¡Mamá y papá trabajan como burros para pagarla y tú la estropeas!

Por un instante pareció realmente herida, pero luego se enfureció.

—¡Quiero leche!

—No —dije.

—Te odio.

—¡Y yo te odio a ti!

Sammy dijo:

—¿Katie?

—¡Cállate! —espeté.

Acabé de limpiar y me acosté. Sammy seguía despierto, mirándome de reojo. Le dije que se durmiera. Lynn empezó a llorar, pero sólo le duró unos quince minutos.

Después empezó a hacer un ruido bajo, lastimero, chirriante, algo como: Iiiiig... iiiiig... iiiiig, cada vez que exhalaba. No parecía ella, parecía un animal. Hacía tiempo que su respiración era rápida y superficial. Hizo el ruido una y otra vez, débilmente. Sonaba muy triste. La cara de Sammy parecía aterrada al resplandor de la lámpara del Conejo de la Luna que la tía Fumi le había dado a Lynn.

Ignoré a mis hermanos y me quedé tumbada. Normalmente, cuando estaba acostada me gustaba pensar en cosas nuevas que pudieran alegrarla. Dejarle probar mi almohada para ver si le gustaba. O quizá comprarle un tipo de galletas que nunca hubiera comido. O incluso, aunque conocía todos los libros del mundo, encontrar un libro del que nunca hubiera oído hablar y leérselo. Esa noche supe que nada de lo que yo pudiera hacer lograría que se sintiera mejor. Por eso me quedé en la cama escuchando su ruido lastimero, y no sentí amor, ni odio, ni enfado, ni nada, salvo desesperanza.

El fin de semana de Acción de Gracias mis padres necesitaban descansar de Sammy y de mí, y nosotros necesitábamos descansar de ellos. Nadie tenía ganas de pavo. Mis padres le pidieron al tío Katsuhisa que nos llevara de campin. Él iba con sus niños casi todos los fines de semana y llamaba todos los viernes para preguntarnos si queríamos acompañarlos. Siempre le decíamos que no. Yo prefería quedarme con Lynn. Pero esta vez mis padres me obligaron a ir.

Salimos el sábado a primera hora de la mañana. Mis padres se sintieron aliviados al vernos marchar. Yo me sorprendí y me sentí culpable al ver cuánto me alegraba salir de la casa donde todo me recordaba a mi hermana. Me sentía culpable en cuanto la dejaba sola, pero lo cierto era que no podía estar siempre con ella. Si lo hubiera hecho me habría vuelto loca. Quizá estaba volviéndome loca ya. A veces, aunque sólo fuera durante unos minutos, incluso cuando debía quedarme con ella, tenía que tomar el aire. Tenía que mirar al cielo. Tenía que salir de aquella habitación tan triste.

Además de Sammy y de mí, el tío Katsuhisa llevó a toda su familia, a mi amiga Silly y a su amigo topógrafo, Jedda-Boy. Silly y yo fuimos en el camión de mi tío. Asombrosamente, era el mismo camión que nos había traído a Georgia años antes, pero, como no superaba los cuarenta kilómetros por hora, el camión de Jedda-Boy nos perdió en los primeros diez minutos. Por desgracia, mi tío no había ido nunca al campin donde nos dirigíamos, uno de los sitios preferidos por Jedda-Boy. Total que mi tío se perdió, y encima se negó a detenerse para preguntar el camino porque, según repetía, sabía muy bien por dónde iba, lo que por supuesto no era cierto.

En un momento dado bajamos por un camino que terminaba en un precipicio. El camión se atascó y no había forma de dar marcha atrás. Yo veía el interior del cañón ante nosotros, literalmente. Si avanzábamos, caeríamos y moriríamos. Entonces Lynn me echaría de menos y se pondría peor. Mi tío quería que Silly y yo nos sentáramos en la caja del camión para aumentar la tracción de las ruedas. Así que nos pusimos atrás y rogamos que mi tío no avanzara sin querer.

El camión aceleró, agitándose y agitándose, pero no se movió. Entonces, el tío intentó explicarme la forma de usar el embrague para que yo diera marcha atrás mientras él y Silly ocupaban la caja, ya que él pesaba más y aumentaría la tracción. No me enteré bien del funcionamiento del embrague. De hecho, cuando mi tío intentaba enseñármelo, el camión saltó hacia delante varios centímetros. El tío gritó y gritó en tono tan agudo como el de una chica y me pisó con fuerza el pie que yo tenía sobre el freno. Al cabo de varios intentos, se dio por vencido y decidió enseñar a Silly. Ella, al igual que Lynn, podía hacer cualquier cosa, incluso cosas raras como aprender a usar un embrague.

El tío y yo subimos detrás. Silly se volvió a mirarnos una vez, cruzó los dedos y se dio la vuelta. El camión se agitó, vibró y retrocedió.

El tío sudaba. Debía de pensar que si no hubiera estampado su pie contra el mío todos habríamos muerto. Yo aún tenía el pie hecho polvo. Me miró con renovado respeto, supongo que porque había descubierto la cantidad de problemas que podía causar sin proponérmelo. Subió a la cabina y empezó a conducir de nuevo. Al tomar una curva, me tambaleé y choqué contra la puerta. El tío me había dicho que no cerraba bien. Intenté enderezarme, pero la puerta se abrió de golpe. A renglón seguido, las piedras de la cuneta me raspaban la espalda.

Por increíble que parezca nadie se dio cuenta, ni siquiera Silly. Avanzaron alegremente mientras yo yacía en la carretera y perdía de vista el camión. Grité:

—¡Eh! ¡Que estoy aquí!

Al poco, el camión volvía por el carril contrario. Vi que Silly me señalaba con excitación, y el camión se detuvo. Me subí y me negué a hablar con el tío Katsuhisa. La espalda de mi camisa estaba desgarrada. Había como un centenar de cosas que le hubiera podido echar en cara a mi tío si hubiera querido. Él pareció darse cuenta, porque me ofreció un trozo de pastel de arroz y dijo:

—Me gustaría que aceptaras esto.

Seguí ignorándole.

—De acuerdo, toma —dijo, entregándome todo el pastel más una chocolatina. Yo acepté el pastel y le di la chocolatina a Silly.

—Por favor, no les digas a tus padres que te has caído del camión.

—No lo haré.

Él meneó la cabeza.

—¡Qué tiempos aquellos en los que podía sobornarte con media barrita de chicle!

Cuando llegamos al campin, Jedda-Boy ya se había instalado. Empecé a contar la historia del precipicio, pero el tío me dedicó un fruncimiento de ceño, y tuve que callarme. Él sonrió inocentemente a la tía Fumi.

David, Daniel, Silly y yo nos fuimos a jugar con pistolas de agua a lo que llamábamos Cazador y Cazado. Yo no tenía muchas ganas, pero ellos me rogaron que los acompañara. Silly y yo elegimos ser los ciervos; David y Daniel nos darían caza con sus pistolas de agua. Descubrí que me encantaba hacer de ciervo, saltando por el bosque mientras los chicos contaban hasta cien. Silly y yo nos movimos tan rápida y silenciosamente como pudimos. Teníamos que buscar un equilibrio entre velocidad y ruido. Silly era como un animal, con instintos absolutamente animales sobre el camino a seguir y la gracilidad del movimiento. Oímos vocear a David y Daniel:

—¡Allá vamos, ciervos!

Me pareció que sentía correr la sangre por mi cuerpo, y por un instante olvidé que era humana. Nos movimos sin hacer ruido. Después nos detuvimos y escuchamos. No oíamos ni mu. De pronto hubo un estruendo a poca distancia, y salimos zumbando en dirección contraria. Me encontré riendo locamente mientras corría. ¡Qué libre era!

Silly y yo nos escabullimos en direcciones opuestas. Oí que David gritaba:

—¡Te pillé, Silly!

Corrí desesperadamente por el bosque, llegué a un claro y me lancé a atravesarlo. Me sentía como un ciervo de verdad, ágil y veloz. Vi un arco de agua a mi lado. ¡No me dio!, pero poco después, el agua me salpicó en la cabeza. Me tiré al suelo e imité lo mejor que pude el gemido de un animal moribundo. David se acercó, puso el pie sobre mi estómago y, golpeándose el pecho, dijo:

—¡Soy el mejor cazador vivo!

Nos volvimos para mirar a Silly, que corría por el bosque, y a Daniel, que la perseguía. Al momento, él apareció en el claro con aspecto confundido. Se detuvo y escuchó. David y yo le ayudamos a buscar a Silly. Unos diez minutos después aún no la habíamos encontrado. Daniel gritó:

—¡Me rindoooo!

Silly apareció por donde acabábamos de pasar. Me sentí orgullosa de ella.

Entonces les llegó el turno a los chicos de hacer de ciervos. Fueron a esconderse, pero nosotras no fuimos tras ellos. En vez de eso, volvimos al campamento para jugar a las cartas en nuestra tienda. ¡Qué graciosas éramos! Cuando los chicos se dieron cuenta de dónde estábamos, volvieron y se negaron a hablar con nosotras. En consecuencia, nosotras nos negamos a hablar con ellos.

David dijo:

—O sea, tramposas y encima mudas.

No le contestamos porque ¡no les hablábamos!

Al caer la noche, mi tío encendió una hoguera, y yo me eché cerca para calentarme. Miré el cielo, como había hecho tantas veces con mi hermana. Me quedé perpleja al darme cuenta de que llevaba casi una hora sin pensar en ella (el tiempo que habíamos jugado y una media hora más). Era la mayor cantidad de tiempo que pasaba sin pensar en ella desde hacía mucho. Me sentí como nueva, como si desde ese momento pudiera pasar diez años seguidos sentada a su lado si fuese necesario.

La tía Fumi y Sam se sentaron junto a mí. David, Daniel y Silly estaban jugando a algo. El tío y Jedda-Boy estudiaban unos instrumentos de topografía y discutían sobre barros, arenas y demás. Jedda-Boy contaba que una vez, en Nevada, le llevaron a un lugar secreto en helicóptero para medir unas tierras. La zona estaba en el desierto, cerca de donde se habían realizado pruebas con bombas nucleares. Acabó el trabajo a pesar de la probable contaminación radiactiva de la zona porque, según dijo, un topógrafo responsable acaba su trabajo haya lo que haya en medio: perros salvajes, disparos de vecinos iracundos inmersos en disputas territoriales, serpientes, caimanes o radiactividad.

Yo dije en voz baja:

—Tía Fumi, ¿cuándo va a dejar el tío Katushisa su trabajo en el criadero y va a ser topógrafo?

Ella me retiró el pelo de la cara y dijo con tristeza:

—En Georgia nadie va a contratar a un topógrafo japonés, cariño.

—¿Por qué lo sabes?

—Porque ya le han rechazado en cinco ocasiones.

—Pero él puede ser lo que quiera. Lynn va a ser *sientífica espasial* o escritora famosa.

—Para los jóvenes es distinto; el mundo está cambiando.

Jedda-Boy hablaba en voz alta:

—La primera vez que me persiguió un caimán pasé mucho miedo, lo reconozco. Pero de todas formas hice mi trabajo; algo después, claro.

Sammy sonrió serenamente y miró el precioso cielo. A Lynn le gustaba decir que las estrellas eran la cosa que con más propiedad podía llamarse *kira-kira*. La segunda cosa más propia era el reflejo del sol sobre el océano. Ella no lo había visto nunca, claro, pero podía imaginarse con total exactitud cómo sería.

El tío se acercó y se sentó con nosotros. Yo dije:

—Tío, ¿te harás topógrafo?

Él bebió de su cantimplora y se enjugó la boca. Tardó un buen rato en contestar. Todo el mundo permaneció en silencio. Al fin dijo:

—Cuando era un muchacho, soñaba con que al crecer trazaría el mapa del mundo.

La tía le acarició la cara.

Tío Katsuhisa vio a Sammy contemplando el cielo, y él también lo miró.

—¡Mira qué estrellas! Ahora entiendo por qué los antiguos egipcios, o como demonios se diga, dijeron: "¡Maldición, vamos a poner nombre a esas malditas estrellas y saldremos en los libros de historia!".

Yo no sabía lo que habían dicho los antiguos egipcios, pero dudaba que hubieran dicho precisamente eso.

Mi tío contemplaba el cielo con nostalgia. Mi tía le besó en la cara. Él la abrazó y se apoyaron el uno en el otro. Se les veía la felicidad en la cara, y la tristeza también, porque el tío Katsuhisa no llegaría a ser nunca un topógrafo.

El día de Año Nuevo es la festividad más importante para los japoneses. Desde que vivíamos en Georgia, íbamos a la fiesta que la señora Muramoto organizaba todos los años. Servía *sake*, *mochi* y un par de docenas de aperitivos diferentes. Solíamos quedarnos hasta las diez y después volvíamos a casa. Antes del amanecer, me levantaba y escribía mi *hatsu-*

yume, mi primer sueño del año. Después, acarreábamos nuestras tumbonas y nos reuníamos con otras familias para ver juntos la salida del sol desde un solar cercano. Mirar el primer amanecer del año es la forma tradicional de celebrar el Año Nuevo en Japón. Sin embargo en los últimos años, nadie se había molestado en levantarse tan temprano. Los padres estaban demasiado cansados.

La señora Kanagawa se quedó con Lynn y con Sammy mientras yo iba a casa de la señora Muramoto. Sólo estuve media hora y luego volví al lado de Lynn. La señora Kanagawa dijo que mi hermana había estado muy tranquila. Charlamos en voz baja sobre la fiesta, y después la señora Kanagawa se marchó. Lynn siguió durmiendo; tomaba aire con gran esfuerzo, como si respirar se hubiera transformado en una tarea demasiado difícil para su cuerpo. Su cabello era greñudo. Le retiré un pelo de la frente, y arrastré una silla a la ventana para cotillear la fiesta que los señores Miller celebraban en la casa de al lado. Era bastante más ruidosa que la de la señora Muramoto, y los invitados tenían pinta de estar borrachos. Todos a una, los hombres se pusieron cintas con lazos en la cabeza y se dirigieron a la puerta de entrada. No tenía ni idea de qué tramaban. Corrí al salón y eché un vistazo por la ventana. Los hombres, con sus lazos de adorno, corrían calle abajo gritando:

—¡Feliz Año Nuevo!

Aunque estaba triste, aquellos blancos majaras me hicieron sonreír.

Fui a la cocina y llamé a mis padres para decirles que Lynn dormía muy tranquila. Un día, cuando Lynn se pusiera mejor, pensábamos comprarle un teléfono para su dormitorio. Gregg y Amber solían llamarla continuamente, por tanto, cuando tuviera más amistades, necesitaría uno.

Me puse el pijama hacia las 11.30 y me eché en el suelo, al lado de la cama de Lynn. El Conejo de la Luna estaba precioso con luz.

—¿Katie? —dijo Lynn suavemente. Llevaba sin hablar todo el día.

Me senté.

—¿Sí?

—Tienes que hacer lo posible por sacar mejores notas. ¿Me lo prometes?

—Okey.

—Debes ir a la universidad. ¿Prometido?

—Lo pensaré.

—¿Prometido?

—Sí.

—Cuida de los papás y de Sammy.

—Okey, lo prometo —dudé—. Cuando estés mejor, ¿me ayudarás a cuidarlos, no?

—Okey, lo prometo —se rió muy bajito, casi en silencio.

El teléfono sonó, y Lynn pareció animarse. Tras el primer timbrazo se detuvo y ella se entristeció. Era sorprendente que estando tan enferma sintiera curiosidad por algo tan nimio como una llamada de teléfono.

Gemió de sopetón.

—¿Puedes abrir la ventana?

Me levanté de un salto para abrirla. Ella cerró los ojos, y yo me senté cerca de la cama para verla. Su piel era casi blanca, del blanco del fantasma de Brenda, la niña del pantano. Volvió a abrir los ojos.

—Esto está muy oscuro —dijo.

Encendí la luz. Una polilla marrón revoloteó por el cuarto. Era pequeña, de apenas dos centímetros de largo. Se posó en el techo. Lynn la miró fijamente. La polilla fue hacia la lámpara una y otra vez. Lynn seguía mirándola. La fiesta de al lado se aquietó un momento. Nuestra habitación se quedó tan silenciosa que hasta se oía el batir de las alas del insecto. Lynn no se movía, pero sus ojos sí. Iban de un lado a otro siguiendo a la polilla. Era extraño, porque no expresaban emoción ni interés, sin embargo tenía que sentirse interesada porque no dejaba de mirar. No podía quitar la vista de ese bichito que volaba a izquierda y derecha, a izquierda y derecha. Entonces me pareció ver algo en sus ojos, alguna emoción que no supe descifrar.

La polilla se detuvo, y Lynn se durmió. Yo cerré los ojos e intenté dormir en el suelo, con las luces encendidas. No me gustaba echarme en mi cama porque estaba demasiado lejos de Lynn, a un metro lo menos.

Mi madre no me obligó a irme al salón aquella noche. No dormí mucho, así que no tuve mi *hatsu-yume*. Cuando estaba amaneciendo, me senté y miré a Lynn unos minutos. Después agarré una tumbona y una manta, y me fui al solar de la esquina. Estaba sola. Pensé en vestirme, pero no esperaba encontrarme con nadie. Miré al este, al gran neumático situado en lo alto de la tienda de enfrente. El gran neumático era igual que el gran *donut* de la correspondiente tienda de Main Street, sólo que el neumático era negro y el *donut* castaño.

Hacía frío. Éstos son los sonidos que oí:

1. Una vieja página de periódico arrastrada por el viento.

2. Un runrún metálico (no sé de qué).

3. El gorjeo de un pájaro.

4. El rápido clic-clic de una lámpara antiinsectos de la tienda de neumáticos.

Vivíamos por debajo de lo que los georgianos denominaban "línea de los mosquitos", dando a entender que todos los mosquitos del mundo vivían en nuestro pueblo. Mi tío afirmaba que en el sur de Georgia había más insectos por kilómetro cuadrado que en cualquier otro lugar del estado. Hasta en invierno había.

Ésos eran los únicos sonidos.

Éstas son las cosas que vi:

1. La tienda de neumáticos (por una ventana se veían neumáticos apilados en el interior).

2. Un árbol solitario frente a la tienda.

3. El cielo gris.

4. Un cuervo posado sobre el gran neumático.

Lloré y lloré. Por un instante, mientras lloraba, odié a mis padres, como si fuera culpa suya que Lynn estuviera enferma. Después lloré porque los quería mucho.

Luego se me quitaron las ganas de llorar. Sólo me sentía vacía, y mis ojos se sentían secos. El cielo seguía gris. Todo era gris: el cielo, la tienda, incluso mi mano, cuando la sostuve frente a mí. Me pregunté si alguien a lo largo de la historia habría estado tan triste como yo en aquel momento. Tan pronto como me lo pregunté, supe que la respuesta era sí. La respuesta era que millones de personas habían estado así de tristes. Por ejemplo, ¿qué decir de la gente de la gran ciudad inca de Cuzco, saqueada por extranjeros en el siglo dieciséis? Hice un trabajo sobre eso en el colegio. Y luego los millones de personas de todas las guerras de la historia y del mundo, y los millones de personas cuyos seres queridos habían muerto a manos de otros millones de personas.

Un montón de gente había estado igual de triste que yo. Quizá un billón habría estado tan triste. En cuanto me di cuenta, tuve la sensación de que ya no era una niña pequeña, sino una chica mayor. Lo que no tenía claro era lo que significaba ser una chica mayor.

Vi que un trozo de cielo se volvía rojo. El rojo se extendió como la sangre en el mar: rojo, rojo, rojo, y después menos y menos rojo, hasta que sólo quedó el azul. Entrecerré los ojos al salir el sol. Debí quedarme dormida, porque cuando me desperté mi padre me llevaba a casa. Sam iba a nuestro lado arrastrando la tumbona, que parecía casi tan grande como él.

Al entrar al salón mi padre me dejó sobre la cama.

—Ha muerto —dijo.

CAPÍTULO 14

Mi padre se marchó. Me levanté y corrí tras él hasta el umbral del dormitorio, donde titubeé. Mi madre sollozaba arrodillada junto a la cama, inclinándose sobre mi hermana. Mi padre se arrodilló al otro lado y envolvió la cabeza de Lynn con sus brazos. Ya entraba claridad, pero nadie se había molestado en apagar la luz. Miré la lámpara. Estaba encendida porque Lynn me había pedido que la encendiera, pero ahora había muerto. No podía comprenderlo. Entré despacio. Mis padres apenas notaron mi presencia. Mi padre se acercó a mi madre y la abrazó.

Lynn parecía tranquila, hasta guapa, pero muy liviana. Sus ojos no estaba totalmente cerrados y su boca colgaba un poco. Mi madre se levantó de pronto y acercó un espejo a la nariz de Lynn, esperando quizá encontrar el vaho de la respiración sobre el cristal. Pero el espejo no se empañó.

—¿Quién estaba con ella? —preguntó.

La voz de mi padre se quebró al decir:

—Nadie.

Sentí un dolor profundo. Deseaba con todas mis fuerzas no haber salido de aquel cuarto. No hubiera debido salir. ¡No hubiera debido! No podía imaginarme lo que habría sentido mi hermana en el momento de morir. No tenía ni idea de si le había importado o no estar sola, pero pensé que quizá importaba.

Después hubo una actividad frenética mientras mis padres hacían los preparativos para el funeral. Aunque apenas había dormido, aquel día no pude dormir más. La falta de sueño y la muerte de Lynn hacían que el mundo fuera irreal. La gente estuvo entrando y saliendo durante todo el día, y oí que algunos llamaban a Lynn "el cuerpo". Por ultimo, les grité:

—¡No la llamen así!

Después de eso se limitaron a susurrar, y no entendí lo que decían.

Mi madre no quería tirar nada que hubiera pertenecido a Lynn. Antes de que se la llevaran, me hizo cortarle las uñas de las manos y los pies para meterlas en un sobre, y me pidió que recogiera sus cosas. Y que hiciera una pila con los periódicos anteriores a su muerte, para recordar lo que pasaba en el mundo en aquellos días. Por la tarde entré en el baño y la encontré examinando los pelos que había por el suelo: quería guardar los de Lynn. Por último, me hizo salir fuera y buscar en la basura. Quería asegurarse de que no se tiraba nada de mi hermana.

Salí de casa y saqué una bolsa del cubo. Vertí el contenido sobre el patio. Vi que un vecino miraba, pero no me importó. El sol me calentaba la espalda, pero en vez de sentir ganas de quejarme, sentí el fervor de mi madre. Sentía que era muy importante encontrar cosas de Lynn. En la bolsa había larvas. Me dio igual, porque tenía una misión. La primera bolsa estaba llena de tesoros: un papel con un garabato de Lynn, un periódico de la semana anterior y un lápiz que Lynn había mordisqueado. Busqué en tres bolsas. Contenían un montón de objetos valiosos.

Antes de que vinieran a por Lynn, me corté un mechón de pelo y lo metí en el bolsillo de su pijama, pero recordé que vestiría algo diferente para la cremación. Así que lo até alrededor de su cuello. Más tarde, cuando se la llevaron, me eché en su cama y lloré. Después de llorar un rato, me enfurecí. No entendía por qué el médico que había venido para certificar su muerte era uno de los que la habían tratado. Y si era tan buen médico, ¿por qué había muerto Lynn? Y pensé que quizá el médico se había equivocado, que mis padres se habían equivocado, y que se la habían llevado cuando aún le quedaba una pizquita de vida. A veces ocurrían milagros: ¡quizá si hubiesen esperado, ella hubiera abierto los ojos! ¡Y si mi madre había sujetado mal el espejo y por eso no vimos el débil aliento de Lynn?

A pesar de todo, sabía que había muerto. Sentía el lugar que ocupaba dentro de mí. Ese lugar estaba vacío.

Es difícil que dure el enfado cuando se está tan triste. Hubiera preferido seguir enfadada, pero sólo era capaz de sollozar. Aunque había entrado y salido gente durante todo el día, la soledad de la casa era insoportable. La habitación se oscureció. No me moví mientras se oscurecía aún más. Entonces di un respingo, salí a toda prisa y corrí hacia el callejón que pasaba por detrás de casa. A través de los edificios, vi que el sol estaba cerca del horizonte. Lo estuve mirando hasta que empezó a esconderse entre dos árboles lejanos. Después me subí a un coche y lo miré hasta que sólo se veía la mitad, algo menos de la mitad, y sentí un pánico enorme y corrí tan rápido como pude a una escalera que atisbé en el callejón. Subí por ella y trepé al tejado de un garaje. Volví a ver el sol, un cuarto, un gajo, y después desapareció. La última vez que se ponía el sol el día de la muerte de mi hermana.

Me quedé sobre el tejado y miré cómo se oscurecía el cielo. Oí que mi padre me llamaba:

—¡Katie! ¡Katie!

No contesté, no quería hablar con nadie. Su voz se oyó más cerca y luego más lejos. Volví a sentir pánico y grité:

—¡Papá! ¡Papaíto!

Su voz se acercó:

—¡Katie! ¡Katie!

También parecía asustado. Bajé corriendo la escalera y me eché en sus brazos. Lloré y lloré, y él no lloró en absoluto.

Entramos en casa en silencio para otra cena de sardinas con arroz.

Sammy comía despacio; mi madre, obstinadamente; mi padre, con educación; y yo, de ninguna manera.

—¿Puedo llenar mi vaso de agua? —preguntó Sammy.

—Sí —contestó mi madre.

Él se levantó, acercó la silla al fregadero y llenó el vaso. Cojeó un poco al volver a la mesa. Su tobillo solía estar bien, pero le dolía de vez en cuando. Esa ira tenebrosa que había visto una vez volvió a la cara de mi padre. Se giró para mirarme. Pensé que estaba enfadado conmigo por algo. De pronto, se levantó.

—Ya está bien, Katie —dijo. No sabía de qué hablaba, pero me puse en pie de un salto—. Vas a decirme dónde estaba el cepo que hirió a Sammy.

—Okey. ¿Por qué?

—Porque si está todavía allí, quiero deshacerme de él.

Mi madre se levantó.

—¿Que quieres qué?

—Ya me has oído.

—Para sacar a esta niña de casa tendrás que pasar por encima de mi cadáver.

Pareció considerarlo y después dijo:

—No.

Así que me senté en el asiento del pasajero y brinqué de nuevo por los campos hacia el lugar de nuestro *picnic* de hacía meses. La última vez que estuvimos allí, Lynn y yo comimos juntas bolas de arroz.

Un animal, quizá un coyote, pasó a hurtadillas por el campo. Guié a mi padre hasta el lugar del *picnic*. Él me dijo que esperara en el coche.

—Ten cuidado, papá —dije.

—Ya sé —dijo él.

Estuve allí hasta que el cielo se volvió negro. Hacía fresco. Cerré las ventanillas y me apoyé en el cristal, esperando a mi padre, que buscaba entre los árboles con una linterna. A la luz, su rostro brillaba adusto, decidido y, tal vez, algo enloquecido por esa cosa que había herido a su hijo, esa cosa perteneciente a un hombre rico y malo que poseía su casa soñada. Le perdí de vista largo rato, y me puse tan nerviosa que hasta empezó a dolerme el estómago, pero entonces la luz apareció en otro lugar. No entendía de qué le iba a servir encontrar el cepo, pero me alegraba de haber salido a buscarlo. Prefería estar aquí que en casa. Tenía miedo de volver a esa casa donde ya no vivía Lynn. Pensé que me daría tanta tristeza que me moriría.

Cuando al fin volvió, echó unas cosas al camión y subió. Parecía más enfadado que antes, si acaso.

—¿Qué clase de hombre pone trampas de ese tipo en un campo? ¿Qué quiere atrapar?

—¿Ardillas?

Él me miró.

—¿Ardillas?

Arrancó el coche de sopetón, y fuimos dando bandazos por el campo en dirección a la casa del señor Lyndon. Me quedé de piedra. En primer lugar, parecía que mi padre fuera otra persona. ¿Dónde estaba mi verdadero padre, ese que miraba siempre dónde se metía? En segundo lugar, el señor Lyndon era... bueno, era el señor Lyndon. No podías presentarte en su mansión y ponerte a pegar gritos. ¿Y no deberíamos volver a casa para cuidar de mi madre y de Sammy?

Llegamos al camino privado de la mansión, y mi padre siguió conduciendo. Se paró cerca de la casa, abrió el camión y sacó un tablón de madera. Se aproximó a un *Cadillac* rojo y estampó el tablón contra el parabrisas. El cristal explotó hacia fuera y roció el suelo. Me pareció ver a alguien mirando por una ventana a ese loco que era mi padre. Él subió al camión y nos marchamos.

Le miré, pero su cara carecía de expresión. Lynn decía que nuestro padre era el hombre más decidido del mundo. Recuerdo que una vez un hombre fue grosero con él, y después le pregunté a mi hermana por qué no le había arreado papá un porrazo. Lynn dijo que papá aceptaba la grosería y la injusticia si le afectaban a él, igual que aceptaba el trabajo duro. Si hubiera podido, hubiera trabajado continuamente, sin dormir siquiera. Mi padre era el hombre más generoso del mundo. Eso no hacía falta que me lo dijera Lynn. Si el señor Lyndon o cualquier otro hubiera venido a nuestra casa enfadado, mi padre le hubiera dado la bienvenida y la mejor comida que tuviéramos en la cocina: el pescado más fresco, el arroz más caliente, las galletas más dulces. Hubiera hecho que nos portáramos con amabilidad. Hubiera aceptado cualquier cosa y a cualquiera para ganarse el sustento y mantener a su familia. Pero me di cuenta de que entonces, por primera vez desde que lo conocía, no aceptaba el rumbo que había tomado su vida.

Pasamos nuestro pueblecito. Seguimos rectos, sin girar donde deberíamos haberlo hecho para volver a casa. No nos paramos hasta llegar al pueblo siguiente. Entonces mi padre aparcó y se apoyó sobre el respaldo del asiento. Yo no me moví. Era mi padre, pero no sabía si estaba en sus cabales. Desde que Lynn enfermó, había estado de malhumor, pero nunca había hecho nada parecido a lo de esta noche.

Me observó.

—¿Tienes hambre? —dijo.

—Sí.

—Me lo supongo.

La cabina se llenó repentinamente de luz, y el coche de un sheriff aparcó a nuestro lado. El sheriff bajó del coche y se aproximó despacio a nuestro camión. Nos enfocó con una linterna. Mi padre bajó la ventanilla.

—¿Dando un paseo? —preguntó el sheriff.

Mi padre titubeó. Vi que era incapaz de pensar. Sentí que me invadía un sentimiento de protección. Nunca había sentido la necesidad de proteger a mi padre, pero en ese momento tenía que protegerlo de aquel hombre. Lo único que se me ocurrió decir fue:

—¡Vamos a comer tacos!

—¿Tacos? —preguntó el sheriff desconcertado—. ¿En Pepe's?

—Sí, señor —contesté, aunque no hubiera oído hablar nunca de Pepe's. De hecho, sólo había comido tacos una vez años antes en un restaurante de Illinois. No tenía ni idea de por qué había sacado a relucir los tacos.

El sheriff estudió a mi padre.

—Ha habido un *insidente* en casa del señor Lyndon.

—¿Oh? —dijo mi padre.

—Alguien ha roto su *Cadi*.

—¡Oh!

El sheriff enfocó la luz sobre mí.

—Creen que el autor *condusía* un *Ford asul* claro. Nuestro *Oldsmobile* era gris, gris claro. El sheriff dirigió la luz sobre nuestra carrocería gris. Mi padre se inclinó hacia fuera y dijo:

—Oiga, yo siempre he tenido un *Oldsmobile*.

El sheriff nos miró, enfocando la linterna sobre mí. Sonreí, pero se me debía notar que había llorado.

—¿Te pasa algo? —dijo.

—Mi hermana ha muerto —contesté. Se me escapó un sollozo.

Él apagó la linterna. Pareció recapacitar. La noche era fría y, cuando respiraba por la boca, el vapor se extendía frente a su cara. Encendió de nuevo la linterna y enfocó a mi padre. La volvió a apagar. Se enderezó y asintió con la cabeza en dirección a papá.

—Cómprele unos tacos.

Enfilamos por otra dirección y nos detuvimos frente a un pequeño restaurante mexicano llamado Pepe's. No dije nada, aunque el giro de los acontecimientos me sorprendía. La primera vez que comí tacos me encantaron, pero era extraño comerlos ahora, en mi peor momento.

El suelo del restaurante era de baldosas color ladrillo, y las mesas estaban hechas con bonitos azulejos blancos y azules. De las paredes colgaban ponchos y sombreros. En el tocadiscos, una voz suave cantaba en español. El ambiente era alegre. Un camarero se nos acercó y dijo:

—¿Cena para dos, amigos?

La noche parecía irreal. Mi hermana estaba muerta, y yo estaba a punto de comer tacos. Pedí cinco. En Illinois había comido uno. Allí me comí los cinco, mientras mi padre me miraba impresionado y con cierta aprensión.

—A ver si te van a sentar mal —dijo.

Cuando volvimos a casa, mi madre cosía un dobladillo en la cocina. Era el de mi vestido negro, el que llevaría para el funeral.

—Estaba preocupada —dijo.

—Katie se ha comido cinco tacos —informó mi padre—. Eso lleva tiempo.

Él y mi madre miraron mi estómago como si esperaran verlo explotar de un momento a otro. Como no fue así, mi madre levantó la vista hacia mi padre y dijo lo que solía decir cuando quería recordarle que no podía permitirse ningún tipo de comportamiento desacostumbrado:

—Mañana te espera un día muy largo.

Mis padres salieron de la cocina. Mamá no me dijo que lavara los platos, y tampoco lo hizo ella. Nunca había visto a mi madre irse a dormir con el fregadero a rebosar. Y yo nunca los había lavado por mi cuenta, a no ser que me dieran la lata. Pero esa noche pensé que debía hacerlo. También limpié las encimeras y pasé la fregona al suelo. No sabía qué esponja usar para las encimeras. Tenía idea de que mi madre usaba una diferente para cada cosa, pero sólo había una en el fregadero. Bajo éste descansaba una colección de botellas y frascos de líquidos limpiadores, pero no había más esponjas. Suponía que mi madre se pondría hecha una furia si usaba la que no debía. Si estuviera Lynn, me hubiera dicho cuál usar, me hubiera dicho qué debía hacer a continuación. No sabía qué hacer si ella no me lo decía. Apoyé la cabeza en la mesa de la cocina y lloré. Por fin humedecí un paño y limpié las encimeras, la mesa y hasta los asientos de las sillas. Cuando acabé era tarde. Me senté a la mesa y no supe qué hacer a continuación.

Después, desde la cama, vi la feliz polilla aún viva, revoloteando desde la lámpara del techo a la lamparita de noche. Y descubrí lo que había visto en los ojos de Lynn la noche anterior: mi hermana hubiera querido ser esa polilla. Quizá fue su último deseo.

Capítulo 15

Se suponía que yo debía leer uno de los panegíricos del funeral, porque todos decían que Lynn me había querido más que a nada en el mundo. En mis ratos libres no dejaba de pensar en ello, y como también tenía que escribir una redacción para el colegio sobre un tema o asunto familiar, decidí hacer las dos cosas en una. Pero ni siquiera sabía cómo empezar. Miré "tema" en el diccionario de Lynn. Decía: *idea subyacente en una obra de arte*. Pensé en ello un buen rato, y luego me di por vencida.

Mis padres estaban ocupados, y Sam se dedicaba a dormir. Cuando era niña, mi madre soñaba con tener una floristería, así que trazó decenas de diagramas sobre la colocación de las flores del funeral, y mi padre se hizo cargo de todas las cuestiones relacionadas con el mundo exterior, los asuntos de la funeraria y demás.

Me entristeció que las compañeras de clase de Lynn no asistieran al funeral. Los treinta y dos japoneses del pueblo sí fueron, con un nuevo bebé incluido. Además, acudieron la profesora de Lynn, Silly, su madre, su tío y su hermano; y Hank Garvin, su mujer y sus hijos. Su mujer llevaba un distintivo en la solapa que decía SINDICATO, y noté que Hank se había puesto nuestro reloj económico, el mejor que pudimos comprarle como regalo de agradecimiento. También se presentaron dos compañeras de trabajo de mi madre. Una de ellas tenía un ojo morado. Yo sabía que había habido problemas en la fábrica a causa del sindicato, pero desconocía los detalles.

No prestaba mucha atención a lo que ocurría, porque estaba muy nerviosa con mi discurso. Tenía que hablar después de la profesora de Lynn. Ni siquiera recuerdo lo que dijo. Cuando me llegó el turno, noté que mis zapatos crujían al caminar por el pasillo. El púlpito parecía encontrarse a mil kilómetros de distancia. *Crujido. Crujido. Crujido.* Deseé que el organista tocara algo, para que mis zapatos dejaran de oírse.

Esto es lo que dije:

"Mi hermana era mi mejor amiga. Era un genio. Me ayudaba con los deberes siempre que se lo pedía. Iba a ir a la universidad y pensaba vivir en el último piso de un *edifisio* alto, probablemente en Chicago. Iba a vivir en una casa de California, junto al mar, porque amaba el mar, a pesar de no haberlo visto nunca. Iba a comprarles siete casas a mis padres, si ellos querían. Iba a ser *sientífica espasial* o escritora famosa.

"Iba a ser la mejor del mundo y a vivir en la *sima* de todo, y a llevar a su familia con ella. Éste era uno de los temas de la vida de mi hermana."

Mi madre me había dicho que, para finalizar, contara un recuerdo especial de Lynn. Pero cuando revisé mis notas, vi que no tenía las correspondientes al recuerdo. ¿Dónde las había dejado? ¿En casa? ¿En el coche? Ni siquiera me acordaba del recuerdo que pensaba contar. Miré a todo el mundo. Todo el mundo me miró a mí. Grité:

—¡*Grasias*! —y volví corriendo a mi asiento.

En cuanto me senté, todos y cada uno de los presentes me clavó los ojos. Entonces todos y cada uno de ellos, excepto Silly, miraron al frente, porque alguien más se disponía a hablar. Silly se inclinó hacia mí, sonrió y musitó:

—¡Has estado *genial*!

Más tarde, antes del entierro de la urna, debíamos tirar una flor a la fosa. Casi todo el mundo eligió rosas rojas. El tío Katsuhisa escogió una margarita amarilla. Yo elegí un áster porque mi tío me dijo que el áster representaba "el corazón de una muchacha". La rosa blanca de mi padre no cayó en la fosa cuando la tiró. Había elegido una rosa porque pensaba que era la flor más regia, y Lynn era su pequeña emperatriz, y la eligió blanca porque era angelical. La rosa blanca cayó sobre un montón de tierra. Por un instante nadie se movió. Mi padre parecía paralizado. Entonces el tío Katsuhisa dio un paso al frente, recogió la rosa con delicadeza y la echó en su sitio. Puso una mano sobre el hombro de mi padre, y él empezó a llorar. Nunca había visto llorar a mi padre. No había llorado en ningún momento desde la muerte de Lynn. El llanto hizo que todo su cuerpo se agitara con violencia, como si estuviera poseído. Sus sacudidas me dieron miedo. Pensé que si sufría alguna clase de posesión, seguiría padeciéndola siempre.

Todos fueron a nuestra casa a comer. Yo me senté sola en el dormitorio. Mi tío abrió la puerta y preguntó:

—¿Estás bien?

Yo contesté:

—Estoy bien —y rompí a llorar.

Él entró y me dejó llorar un rato. Luego le revelé mi horrible secreto, el que me había propuesto no contar a nadie, el que hice jurar a Sammy que nunca contaría. Balbuceé:

—Tío, a veces cuando Lynn estaba enferma, me enfadaba con ella. Solía disimular, pero una vez me enfadé en voz alta. Pasó en plena noche, cuando me pidió un vaso de leche. Yo me levanté y le traje la leche, pero cuando la probó, dijo que no la quería y la tiró al suelo. Se comportaba así cuando se sentía mal. Después le traje agua y me puse a limpiar la leche, pero ella dijo que el vaso tenía jabón y también lo tiró. Entonces volvió a *desir* que quería leche, y yo no se la di. Ella dijo que me odiaba, y yo le dije que la odiaba a ella. La *hise* llorar. Tío, ¿por qué lo *hise*? —sollocé un poco más—. ¿Cómo pude *desirle* que la odiaba? —intenté tomar aire, pero no me llegaba a los pulmones. Luché por respirar.

Mi tío me dejó sollozar unos minutos y después dijo:

—¿Te ha contado alguien que mi primer hijo murió?

Dejé de llorar un instante.

—¿De verdad? No sabía que habías tenido otro hijo.

—Era sólo un bebé. Tú ni siquiera habías nacido, y Lynn tampoco.

—¿Era de tu primera mujer?

—Oh, no. Con ella estuve casado sólo unos meses —dijo—. Fue el primer bebé de Fumi. El niño nació muy enfermo. Fumi y yo pasábamos la noche entera haciéndole compañía. Estuvo llorando todas las noches hasta que murió. Ese día descansó por fin.

—Lo siento. Lo siento mucho, tío.

—Ya lo sé. Pero no te lo digo por eso. Te lo digo para que veas que te entiendo. Lynnie no te odiaba. Tú no la odiabas a ella. Te enfadabas porque estaba muy enferma. Hubo un día en que mi hijo estaba tan enfermo y tenía tantos dolores, que pensé en ahogarlo con una almohada para que dejara de sufrir.

—¡Pero eso es horrible!

—Claro que lo es. No lo hice. No hubiera podido hacerlo. Cuando alguien está muriéndose, piensas cosas raras. No te sientas culpable, Katie, eres demasiado joven para eso.

Entonces me dijo que algunos budistas creían que el espíritu dejaba la tierra cuarenta y nueve días después de la muerte del cuerpo. Dijo que durante los próximos cuarenta y nueve días podía ocuparme de cuidar de una caja, que él me ayudaría a hacer, con las cosas de Lynn. Dijo que esa caja sería el altar de Lynn. Se dispuso a marcharse, pero yo grité:

—¡Tío Katsuhisa!

—¿Qué, cielo?

—¿Y ahora eres *felís*? No digo hoy, digo en general.

Hizo una pausa, y me di cuenta de que lo estaba pensando muy en serio. Giró ambas orejas de adentro afuera. ¡*Pup*! ¡*Pup*!

—Sí, puedo decir que ahora, en general, soy un hombre feliz. No siempre es fácil, pero sí, lo soy.

Una semana después del funeral entregué mi nueva redacción en el colegio. Esto es lo que escribí:

Éste es un recuerdo especial de mi hermana, Lynn. Un día en Iowa hizo mucho viento, la clase de viento que va de arriba y abajo y de izquierda a derecha. Yo apenas podía ver porque el pelo me revoloteaba por la cara. Parte del maíz estaba casi plano. Lynn y yo subimos por la escalera a lo alto del tejado con dos cajas de Kleneex, y ella dijo que los sacáramos de uno en uno y dejáramos que el viento se los llevara. En pocos minutos cientos de pañuelos de papel volaron sobre el campo de maíz. Me retiré el pelo de los ojos para poder verlo. Los pañuelos parecían mariposas gigantes.

Después nos regañaron, y nos descontaron dinero de la paga hasta que pagamos los Kleneex, y tuvimos que recoger hasta el último de ellos. Pero mereció la pena ver las mariposas volando sobre el maíz.

Lynn podía tomar un objeto corriente como una caja de Kleneex y utilizarlo para probar lo divertido que es el mundo. Podía probarlo de muchas formas, con Kleneex o pompas de jabón o hasta con una brizna de hierba. Éste es el tema principal de la vida de mi hermana.

Capítulo 16

Hicimos el altar de Lynn sobre su escritorio, de cara al gran magnolio, que no perdía sus hojas en invierno. El tío Katsuhisa me hizo una preciosa caja de madera en la que metí su lápiz mordido, un mechón de su pelo que mi madre le cortó, sus trocitos de uñas y otros objetos similares e igual de sagrados. Mi tío colocó un trozo de cristal móvil en la madera, bajo el que metí una foto de Lynn. Empecé a cocinar nuestro arroz diario, para quitarle quehacer a mi madre y para ponerle a Lynn cada día un cuenquito de arroz recién hecho. También le llenaba de agua su vaso favorito. A veces le daba leche y dulces. Otras veces tenía la sensación de que le apetecía tomar el aire, así que abría la ventana situada sobre su escritorio.

Mi madre y mi padre parecían zombis. Comían, pero no saboreaban la comida. Dormían, pero no profundamente: solían levantarse en plena noche. Por el día hablábamos, pero sin alegría. A veces hasta sentía que me rechazaban porque yo no era Lynn. Otras veces les daba por los "deberíamos":

—Deberíamos haberle dado hígado desde pequeña.

—Deberíamos haberla llevado a un médico de Chicago.

—Deberíamos haber comprado antes la casa.

Todas las noches mi madre nos daba para cenar fiambre enlatado con arroz o sardinas con arroz. Los platos se amontonaban en el fregadero. Era posible que perdiéramos la casa, porque quedaban cuentas de Lynn por pagar y mi madre ya no trabajaba tantas horas. Debía de pensar que ya no había motivos para trabajar duro.

Me harté tanto del fiambre y de las sardinas que empecé a hacer la cena por mi cuenta. Las cinco primeras noches hice la que más me gustaba a mí: sopa de fideos con rollitos de pescado y cebolletas. De la sexta a la décima noche hice mi segundo plato favorito: pizza. La sopa de fideos y la pizza eran todo mi repertorio. Cada noche después de cenar lavaba los platos y limpiaba las encimeras con una nueva esponja que mi padre me había comprado. Así mi madre no se volvía loca con el lío que montaba en la cocina.

Mi madre, ya delgada, seguía llorando y perdiendo peso. Mi padre también adelgazaba y su piel se había vuelto cerosa y pálida. Tenía que engordarlos. Pedí prestado un libro de cocina a la señora Kanagawa e hice una cena diferente cada noche.

En el día cuarenta y nueve después de la muerte de Lynn abrí todas las ventanas del salón, aunque llovía. Cerré los ojos y traté de sentir el espíritu de mi hermana. Una hoja cayó de pronto del magnolio; revoloteó y golpeó el mosquitero justo delante de mí. Pensé que la hoja era una señal de Lynn.

Cuando murió, sentí haberle dado los comprimidos que le sentaban tan mal. Pero ahora no sentía tanta pena. Lynn quería vivir. Pensé que estaba dispuesta a sufrir mientras pudiera seguir saboreando la comida, hablando del mar, sintiendo la brisa en la cara, ¡y hasta discutiendo con la chalada de su hermana!

Lloré y lloré. Pero tuve que parar. A mí me pasaba una cosa: cuando me daba por pedir deseos, trataba siempre de no pedir deseos imposibles. Había deseado dieciséis lápices de colores en vez de ocho, pero ni siquiera cuando era pequeña deseé mil lápices, porque sabía que no existían mil lápices de colores diferentes. Así que en ese día cuarenta y nueve no deseé que Lynn volviera a vivir, porque sabía que había muerto. Me preocupaba que su espíritu me viera llorar. Si me veía llorar, sería muy desgraciada y quizá no podría marcharse de la Tierra como se suponía que debía hacer. Por eso, aunque me hubiera gustado que siguiera cuidándome, deseé que me olvidara, que no me viera llorar, que no volviera a preocuparse por mí, aunque tuviera que quedarme sola.

Me apliqué más en mis estudios, porque ése fue uno de los últimos deseos de Lynn. Era bastante aburrido. Esperé que ella no me vigilara pero, por si acaso, pasaba un montón de tiempo haciendo los deberes. La primera vez que saqué una A en un test de matemáticas, mis padres se quedaron tan pasmados y se pusieron tan orgullosos que enmarcaron el test y lo colgaron en su dormitorio. En realidad, esa A dio un poco de vida a sus ojos. Se lo contaron a todo el mundo. Era raro verlos tan emocionados con un solo sobresaliente, cuando Lynn había sacado tantos.

Algunas veces, me esforzara lo que me esforzase, no sacaba más que C. Me ocurría a menudo. Pero, en general, si me esforzaba mucho sacaba mejores notas. Eso me sorprendió. Supongo que como Lynn era muy inteligente y parecía sacar buenas notas porque sí, nunca me había percatado de lo mucho que trabajaba. Yo pensaba que sacar un sobresaliente era algo que te ocurría, no algo que tú hacías que te ocurriera. Pero después de su muerte, pasé mucho tiempo pensando en Lynn y recordé la cantidad de veces que la había visto sentada a su escritorio, masticando el lápiz y trabajando horas y horas en sus deberes.

Cuando llegó el verano, cumplí doce años. En mi cumpleaños, mi padre nos llevó a Silly y a mí a visitar la tumba de Lynn. La limpiamos y plantamos unas flores. Después bailamos haciendo de las Shirondas. Habíamos ensayado un montón de días para preparar nuestra actuación en honor de Lynn. Silly era Wanda Shironda; y yo, Rhonda Shironda. Nos sabíamos las letras de unas cuantas canciones, y habíamos inventado unos pasos de baile. Mi padre nos miraba orgulloso mientras cantábamos *Hit the Road, Jack, Where the Boys Are, Will You Love Me Tomorrow?* y *Twisting the Night Away*. Incluso se rió un poquito. Ese poquito de risa le cambió. Parecía sorprendido de poderse reír aún.

Cuando volvimos a casa, entró en mi dormitorio y se quedó mirando la cama de Lynn. Entonces dijo:

—Creo que habría que dejar un poco más de sitio para ti y para Sam. ¿Por qué no me ayudas?

Los ojos de mi padre se llenaron de lágrimas al sacar del cuarto el colchón y el jergón de Lynn. Sin embargo, no los tiramos. Llamamos a mi tío para pedirle que guardara la cama en su desván.

Cuando el tío vino a por ella, le oí decirle a mi padre que el señor Lyndon no iba a subir el sueldo a los trabajadores ese año. Yo dije:

—¿Por qué no le rompes el coche otra *ves*?

Mi tío y mi padre me miraron; después se miraron el uno al otro; y después volvieron a mirarme a mí.

Cuando mi tío se marchó, mi padre me dijo que subiera al coche. Mi madre estaba sentada con Sammy en el salón.

—¿Y yo, qué? —dijo Sammy.

—Solo Katie —dijo mi padre.

Nos subimos al coche y mi padre condujo y condujo. Por fin, papá giró en un camino privado, un camino que ya habíamos recorrido una vez. La mansión del señor Lyndon se alzó a lo lejos. Se me cayó el alma a los pies. Pensé que mi padre iba a romper otro coche.

—¡Papá! —exclamé—. ¡Siento haber dicho que deberías romperle otra *ves* el coche!

Él dijo:

—Vamos a disculparnos por lo que le hice al coche del señor Lyndon.

Eso me pareció igual de malo.

—¡Disculparnos! ¡Pero él no sabe que fuiste tú! ¡Papá! Ni siquiera lo sabe. No tienes por qué disculparte.

Me miró como si le disgustara mucho lo que acababa de decir. No me importó. Yo lo único que quería era protegerle.

—¡Papá, te vas a meter en un lío!

Aparcó cerca de la fachada principal. Cuando salí del coche, me dio la impresión de que la casa era tan grande como un castillo. Era tan grande y tan bonita que me cortó la respiración. Allí hubieran podido vivir un millar de personas.

—Todo el mundo *dise* que el señor Lyndon es malo —dije.

—Yo también lo he oído.

Mi padre llamó a la puerta. Era la puerta más maravillosa que había visto en mi vida. La lujosa madera tenía tallas de rosas y vides. Nos abrió una doncella. Llevaba uniforme, igual que las doncellas de la televisión. Era muy guapa. Su piel tenía el color del sombrero de seda marrón que mi madre me había hecho para mi cumpleaños.

—¡Hola! —dije asombrada.

—¡Hola! —contestó ella igual de asombrada.

Mi padre dijo:

—Soy el hombre que destrozó el coche del señor Lyndon. He venido a pedirle disculpas.

La doncella titubeó.

—Espere aquí, señor —cerró la maravillosa puerta.

—¡No lo *destrosaste*, papá!

No me contestó. No nos miramos el uno al otro, sino los dos a la puerta. Ésta se abrió de nuevo.

—Pasen —dijo la doncella.

Nos condujo a una habitación y nos indicó que nos sentáramos en un sofá cubierto de plástico. El techo, dos veces más alto que el de nuestra casa, estaba pintado de azul cielo, y tenía nubes y ángeles.

El señor Lyndon entró en la sala. Mi padre y yo nos pusimos en pie. El señor Lyndon era grande y tenía aspecto de haber sido fuerte de joven, pero ya era viejo. Su mandíbula sobresalía, y su cara estaba cuarteada como un campo afectado por la sequía. Dos perros grises seguían sus pasos. Gruñeron, pero no se separaron de su amo. Se sentaron a su lado. Nosotros también nos sentamos. ¡El señor Lyndon me clavó los ojos! Fue como si ignorara la presencia de mi padre. Señaló un cuenco de caramelos situado sobre la mesa.

—Come los que quieras, jovencita.

Saqué uno de limón en forma de gajo, aunque no me gustaban.

—*Grasias* —dije.

—¡Toma más! —bramó.

Saqué dos más.

—¡Vamos, cómetelos!

Me metí los tres en la boca. Eso pareció satisfacerle. Se volvió hacia mi padre y esperó.

—Soy el hombre que destrozó su coche —dijo mi padre—. Quiero pedirle disculpas. Mi hija murió aquel día, y yo estaba fuera de mí.

—¿Es usted uno de mis sexadores, señor...?

Me percaté de que la pregunta irritaba a mi padre, pero no entendí el porqué.

—Soy uno de *los* sexadores —contestó papá—. Soy Masao Takeshima.

—Siento mucho lo de su hija. Otro de mis sexadores perdió un hijo una vez, y no me destrozó el coche. Usted no volverá a trabajar en mi criadero.

Me pregunté si el otro trabajador sería mi tío.

Si mi padre se sorprendió, no lo demostró. Dijo:

—Le pagaré los gastos de la reparación.

El señor Lyndon se puso en pie.

—Claro que lo hará. Tendrá noticias de mi abogado.

Empecé a levantarme pero me volví a sentar, porque mi padre siguió sentado. Tenía las piernas sudorosas, por el plástico que recubría el sofá, y los caramelos me habían dado sed. Entonces, cuando mi padre se levantó, yo hice lo mismo. Noté que papá no se había dejado intimidar por el señor Lyndon. Y así fue como aprendí que aunque hagas algo muy, muy malo, si te disculpas, puedes conservar la dignidad.

—Adiós, señor Lyndon —dijo mi padre.

Salimos de la casa.

Cuando subimos al coche, vi que la doncella nos miraba desde un ventanal. Saludó ligeramente con la mano, y yo saludé ligeramente con la mía. Antes de arrancar el coche, mi padre dijo:

—No debes tener nunca miedo de disculparte.

Yo dije:

—Papá, ¡no tienes trabajo!

—Aún tengo el del otro criadero —contestó. Entonces pensó un momento—. He oído que hay puestos libres en uno de Missouri. Si tenemos que marcharnos, nos marcharemos.

¡Missouri! No volvimos a hablar. Mi padre estaba un poco alterado por haber sido despedido, pero al mismo tiempo se le notaba que no sentía haberse disculpado.

Acabó por encontrar trabajo en uno de los pocos criaderos del estado que no era propiedad del señor Lyndon. Tenía que conducir un poco más, pero nunca se quejaba. Creo que ese verano, cuando quitó la cama de Lynnie y pidió disculpas al señor Lyndon, se dio cuenta de que tenía que elegir: o éramos una familia infeliz o no lo éramos.

A finales de verano, la madre de Silly organizó una reunión prosindicalista en su casa. Sorprendentemente, mis padres me dejaron ir para ayudar. La señora Kilgore vino a buscarme. Silly y yo preparamos aperitivos para todos. Cortamos palitos de apio y zanahoria e hicimos salsa de cebolla con crema agria y sopa *Lipton*. Asistió cerca de un centenar de personas. No cabían en la casa, así que la reunión se celebró fuera y los aperitivos se tomaron dentro.

Me quedé estupefacta cuando, hacia la mitad del mitin, mis padres aparecieron. Debían de haber dejado a Sammy con la señora Kanagawa. Casi ni me saludaron. Escucharon en silencio a los últimos oradores y se marcharon antes que yo. Me pregunté si me habría imaginado que habían ido. Cuando llegué a casa, mi madre no dijo nada sobre el sindicato. Le estaba quitando el polvo al altar de Lynn, a pesar de que los cuarenta y nueve días habían pasado ya y Lynn había abandonado la Tierra. Mi madre no levantó la vista mientras limpiaba.

—¿Qué le pasaba a esa niñita del vestido azul? —me preguntó.

—¿La que no tiene pelo?

—Sí —abrió un poco la ventana.

—La señora Kilgore dice que tiene cáncer —mi madre no contestó nada—. ¿Mamá?

—Dime, cariño.

—El sindicato quiere que la fábrica dé a los trabajadores tres días libres con paga en caso de defunción, como cuando fallece un familiar y así.

Apretó los labios y me miró duramente.

—Es un poco tarde para eso —dijo.

Mi madre no dijo nada más, pero cuando a la semana siguiente se celebró la votación, el sindicato ganó por un voto. Fue una sorpresa, porque todos esperaban perder por un voto. A mi madre le complació el resultado, así que supuse que el voto del triunfo era suyo. No creo que lo hiciera por los discursos.

Antes de morir Lynn, mi madre hubiera hecho cualquier cosa por su familia, pero no hubiera hecho gran cosa por la familia de otro. Creo que la muerte de Lynn y la niñita del vestido azul hicieron que cambiara su voto. Para mi madre ya era tarde, pero, al votar sí, sabía que no sería tarde para la siguiente familia que perdiera un ser querido.

En el centro recreativo local, Silly y yo actuamos como las Shirondas en el concurso de otoño. Hubo veinte participantes y nosotras quedamos en el puesto número doce, lo que, por supuesto, fue una tremenda injusticia. Todas las tardes seguíamos ensayando para el concurso del año siguiente. Cada noche cocinaba para mi familia, y cada día sacaba más notables en el colegio y hasta algún sobresaliente. A veces el recuerdo de Lynn y de lo inteligente que era nos enorgullecía y nos alegraba en lugar de apenarnos. A veces ver una foto suya nos llenaba de recuerdos buenos, no de recuerdos tristes. No habíamos terminado de pagar los gastos médicos, pero estábamos progresando.

Cuando se aproximaron las fiestas, la casa se fue apagando. Cada vez que yo me apagaba, empezaba a preguntarme qué más daba sacar una C, una B o una A. Mi padre notó cómo me sentía y me preguntó si me gustaría ir de vacaciones.

—¡Mucho! —dije—. ¡Quiero decir que sí, sí, sí!

—¿Te gustaría ir a ver el pantano Okefenokee?

—¿Y California? Eso es lo que Lynnie hubiera querido.

—¿Por qué lo sabes?

—Porque allí está el mar que le gustaba. Allí quería vivir cuando fuese mayor.

Él dijo que lo pensaría.

Después de Navidad anunció que nos iba a llevar a de vacaciones a California.

Antes de irnos, mi padre y yo pasamos por la tumba de mi hermana. Mi madre no vino porque no se sintió con fuerzas.

Mi padre sólo faltó dos días al trabajo cuando Lynn murió. Entonces tratábamos de sobrevivir. Él tenía que comprar comida para Sammy y para mí, por lo que no podía perder el tiempo llorando. Sé que suena insensible, pero no lo era. Debía pensar en sus hijos vivos, porque no tenía más remedio que pensar en los vivos antes que en los muertos. Si hubiera dejado de trabajar tres días, no hubiéramos tenido pescado para cenar ni dinero para pagar la hipoteca de la que considerábamos casa de Lynn.

En la tumba, mi padre limpió la pequeña lápida de Lynnie y colocó un ramo de flores blancas. Dijo:

—Recuerdo cuando un muchacho de doce años podía fugarse y salir adelante. Debería haberlo hecho cuando era niño. Estuve a punto.

Yo sabía que no tenía esos recuerdos, sólo pensaba que hubiera podido tenerlos, porque me había contado que con doce años, él y el tío Katsuhisa se habían visto obligados a dejar su educación en Japón y volver a California para ayudar a sus padres en la granja familiar. Por eso se limitaba a pensar que las cosas podían haber sido diferentes si hubiera empezado la vida de otra manera.

Añadió que quizá si se hubiera escapado a los doce años, hubiera acabado instalándose en California, en vez de irse a Iowa con su familia. Y puesto que en California vivían más japoneses que en Iowa, donde él y mi madre abrieron la tienda, hubiera podido continuar con el negocio. En tal caso quizá hubieran tenido más dinero al nacer Lynn y ella hubiera sido más saludable. Esto, desde luego, fue imposible porque había conocido a mi madre en Iowa, no en California. Si se hubiera quedado en California, no la hubiera conocido y Lynn no habría nacido. Esto último no lo dije. No dije nada porque se veía que tenía ganas de imaginar lo que podría haber ocurrido, aunque sólo fuera eso.

Fue en esa visita al cementerio cuando mi padre me dijo que Lynn quería que me quedara con su diario. Más tarde, en casa, me senté en mi diminuto dormitorio y lo leí de cabo a rabo. Las ventanas estaban cerradas y, a pesar de eso, tuve que ponerme el jersey. Me gustaba nuestra casa, pero de noche tenía corrientes de aire.

Siempre había considerado la escritura de Lynn constante y perfecta, y hasta majestuosa, sin embargo en algunas partes del diario era más desordenada que en otras. Por ejemplo, cuando estaba emocionada con Gregg, entonces su caligrafía era apresurada e incluso embarullada. Yo era la única a la que mencionaba todos los días, aunque sólo escribiera algo del tipo: *Katie ha sacado otra C.* Al final su letra era vacilante, en especial muy al final. Ésta es su última anotación:

Querido diario:

A mis padres les dejo el saldo de mi cuenta bancaria: 5,47 dólares.

A Sammy le dejo los dos billetes de dólar escondidos en el cajón superior de mi escritorio. También le dejo todos mis juguetes y la barra de caramelo del cajón inferior derecho de mi escritorio.

A Katie le dejo mi diario, mi diccionario y mi enciclopedia, para que los use más.

Lynn Akiko Takeshima

Lo escribió cuatro días antes de morir. Cuatro días antes de su muerte yo aún albergaba esperanzas de que se pusiera mejor. Mis padres me dijeron que no me habían dado el diario cuando Lynn murió porque pensaron que me afectaría demasiado. Era extraño oírles decir eso, yo creía que quien los había cuidado después de la muerte de Lynn era yo. Pero ellos creían que eran *ellos* quienes habían cuidado de mí.

Fuimos en coche a California a finales de mes. Cuando llegamos, el 31 de diciembre, había casi treinta grados, y los vientos de Santa Ana azotaban las desvencijadas paredes de la habitación de nuestro motel. Un grillo solitario chirrió toda la noche en el baño. Por el día varios cuervos nos graznaron cuando nos dirigimos al coche. Lynnie siempre había pensado que los grillos, e incluso los cuervos, daban buena suerte. De vez en cuando me parecía oír su voz llena de vida.

El grillo cantaba:

—¡Cri! ¡cri!

Pero yo oía:

—*¡Kira-kira!*

Los cuervos gritaban:

—¡Cao! ¡Cao!

Y yo oía:

—*¡Kira-kira!*

El viento silbaba:

—¡Uuuuuu! ¡Uuuuuu!

Y yo oía:

—*¡Kira-kira!*

Mi hermana me había enseñado a ver el mundo así, como un lugar que resplandece, como un lugar donde las llamadas de los grillos y de los cuervos y del viento son cosa de todos los días que, casualmente, también son mágicas.

¡Deseé que Lynn hubiera vivido para ver el mar con nosotros! Cuando nos acercamos por primera vez al océano, los ojos se me llenaron de lágrimas y me pareció que su muerte había ocurrido hacía muy poco. No creo que nadie comprendiera tan bien como yo lo mucho que Lynn había deseado caminar por el agua del mismo modo que mi familia y yo hicimos aquel día de Año Nuevo. Oculté mis lágrimas a mis padres. Pero el agua consiguió que volviera a sentirme feliz. Aquí en el mar –especialmente en el mar– podía oír la voz de mi hermana en las olas:

—*¡Kira-kira! ¡Kira-kira!*

Teo